襖貼《ふすまは》りの縊《くび》り鬼《おに》

浮世の同心　柊夢之介

野火 迅

JN282360

ポプラ文庫

襖貼りの縊り鬼　浮世の同心・柊夢之介　目次

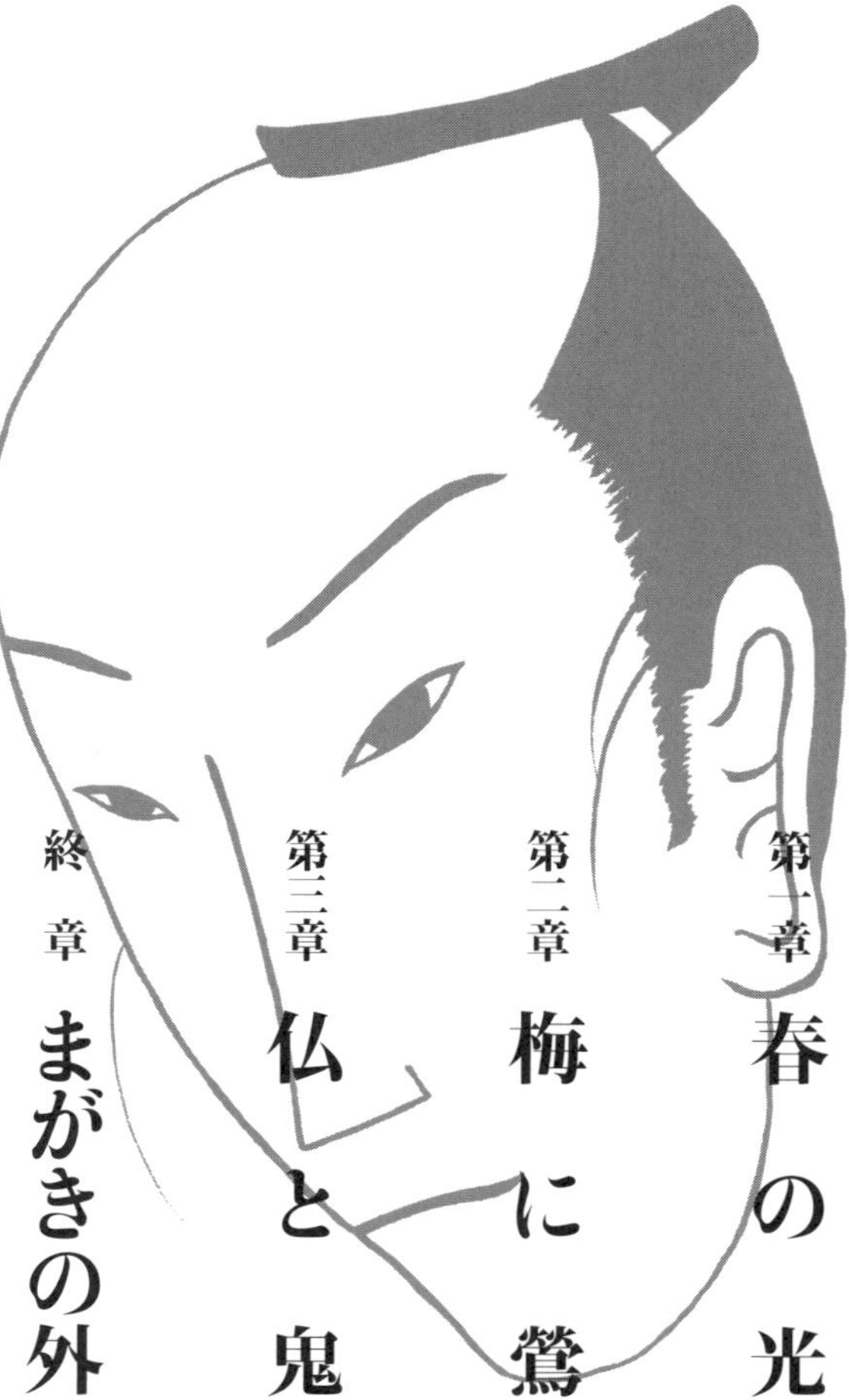

襖貼りの縊り鬼

浮世の同心　柊夢之介

第一章　春の光

(一)

暮六《くれむ》つの鐘がなるまでに半時《はんとき》ほどあるが、十一月の雨空は、夜のような暗い鉄色をしている。掘割から溢れ出しながら奔《はし》る六間堀《ろっけんぼり》の流れも、空と同じ色をしていた。男は、あわただしい刻み足で、六間堀沿いの道を南へ行く。その足取りも顔を隠した伏笠《ふせがさ》も、小止みなく降る雨のおかげで、とくに怪しくは見えない。もっとも、男には、おのれの姿をそのように判断する心のゆとりはなかった。ふいに行き違った大きな黒犬を、まがまがしい畸人《きじん》が這い進む姿に見違えてぎょっとなったほど、異様に張り詰めていた。

男は、北橋を東へ渡ると、北森下町の路地を端から数えていく。いつか、このあたりを流していた担ぎ屋台でぶっかけを食った時、たまたま質屋の看板を目にした。確か、北橋から三本目か四本目の路地の曲がり目だった。

「お、あれだ」

男の喉から、かすれた声が洩れた。路地の角に、将棋の駒の形をした看板が下がっていた。看板には、仮名文字で「しちや」と書かれている。日本橋や神田あたりの伊勢屋を称する質屋を料理茶屋になぞらえるなら、こちらは土間に醬油樽を置いた居酒屋といった風情である。それだけに、いかにもおあつらえむきに思える。

表口の腰高障子《こしだか》の戸を開くと、帳場格子《ちょうばごうし》の中に座った老爺《ろうや》が、上目づかいの陰気な眼差しを投げてきた。髪の抜け落ちた痩せ顔に光る金壺眼《かなつぼまなこ》が、どくろを思わせる。

「いらっしゃいまし」

老爺は、不気味な面相には似合わない物柔らかな愛想笑いを浮かべた。

「このところ、めっきり冷え込んでまいりましたの。そこへこの雨ですから、おたまりがありません。いっそ雪になってくれたほうが、始末がようございますな」

そつなく時候の挨拶を述べて、傍らに置いた丸火鉢《まるひばち》に皺んだ手をかざす。その様子が、男を迷わせた。これは、存外、まっとうな質屋かもしれない。男にとっては、まっとうな質屋であっては困るのだ。棒のように突っ立っている男を、質屋の老主人は、火鉢にかざした掌で手招きした。

「ごうぎと濡れなすったようで。ささ、こちらへ」

男は、伏笠で顔を隠したまま、老主人の居る板敷きに近づいた。胸の前に抱えた風呂敷を板敷きの上がり端《はな》に置いたものの、まだ迷いがある。笠の端から滴った雨水が、古びて黒ずんだ上がり框《がまち》にぽつぽつと落ちた。

「質草《しちぐさ》は、その風呂敷の中でございますな」

老主人は、帳場格子の中から出て、さらさらと上がり端へいざった。細い腕を伸ばして、遠慮なく風呂敷を解いた。

「どなたさまの質草《しちぐさ》にも、手放すことへの迷いがこもってございます。しかし、持ち物への愛着も、手放さねばならぬ事情には代えられぬもの……」

ふと声を呑み、金壷眼を爛《らん》と光らせて、風呂敷の中から現れた品を見すえた。

「これは、萌黄羅紗《もえぎらしゃ》の冬羽織……この代物の真贋《しんがん》については、質屋の眼力を使うまでもございません……ところで」

おもむろに目を上げて、瘤《こぶ》のように突き出た額の奥から男を睨んだ。

「お客さんは、この代物を、どこで手に入れなすった」

「どこで手に入れたって？　すりゃ、呉服屋に決まってるじゃねえか。魚屋で羽織が買えるのかい」

「慮外《りよがい》ながら、お客さんは、とても身銭で羅紗を買えるような人には見えませんの」

「いらぬお世話だぜ。おれがどんな輩《やから》に見えようが、質屋がとやかく言うことじゃあねえだろうが」

そう凄みながらも笠を伏せたままでいる男を掬《すく》うように睨みつけて、老主人は、しわがれ声を張り上げた。

「おい、安蔵！」

すぐさま、板敷きの奥にもうけられた梯子《はしご》がギシギシと鳴り、降りて来る者の姿が現れた。タワシのように月代《さかやき》を伸ばした若い男で、三枡格子《みますごうし》の小袖《こそで》の前をはだけ、肝木《かんぼく》の楊枝《ようじ》をくわえて、ことさらにやくざ者の人体《にんてい》をなしている。

「へい、お呼びで」

「おまえ、そこに立っていな」

老いたあるじは、肉の削げた顎で出入り口を示した。

「へい、合点でやす」

若い男は、三和土《たたき》へ降りて草履《ぞうり》を突っかけると、隙《すき》のない身ごなしで後退《あとしざ》りして、背を出入り口に張り付けた。石のように無表情な目が、どんな酷《むご》いことでも平気でやりそうな気配を漂わせている。ぞんざいに小袖《こそで》の前をはだけ、懐に差し入れた右手につかんだ匕首《あいくち》の刃をちらつかせていた。

「おい、穏やかじゃねえな。質屋のくせに、刃物を持ったお兄《あに》さんを使って出口をふさごうたぁ、どういう料簡《りょうけん》だい」

伏笠の男は、精いっぱい虚勢を張って啖呵《たんか》を切った。だが、体のほうが勝手に恐怖を覚えている。腰から下に、膝が抜けて尻の穴が開くような感覚がある。安蔵というやくざ者に刺されることが恐ろしいのではない。男を、今にも漏らしそうなざまにさせているのは、別の恐怖だった。

「この萌黄羅紗は、あたしの見立てでは十四両を下らないね。ご存知だろうが、十両相当の盗みを働けば、それだけで死罪をまぬがれない」

老主人の口振りは、一変して、ぞっとするほど冷やかになっていた。男の膝が、かたかたと音を立てて震え始めた。盗みどころじゃねえ。おれは、人ひとりを殺《あや》めちまってるんだよ。

「ご、ごしょうだ」

伏笠の男は、崩れるように膝を折った。

「ごしょうだ、見のがしてくれ」

その場に土下座する素振りを見せると、

「おっと待ったの待乳山《まつちやま》だ」

質屋のあるじは、とんだ場違いの洒落《しゃれ》をかました。歯の欠けた口を開いて、声を出さずに笑っている。

「どうやら、しんからうろたえている様子だの。したが、あたしは、おまえさんを自身番屋へ突き出そうっていうんじゃない」

「……だったら、どうしようってんだ」

「じつのところ、あたしは、まっとうな質屋を装って盗品を商っておる。ようするに、窩主買《けいずかい》よ。じゃによって、おまえさんを自身番へ突き出せた義理じゃないのさ。いま、おまえさんを脅したのは、おまえさんが、窩主買をはめる奉行所の回し者であるかないかを確かめるためだ。隠密廻りってえやつには、ほんに用心しなくちゃあならねえ」

「な、なんだい……すりゃ、き、きつい洒落だぜ」

伏笠の男は、息が止まるような緊張からいきなり放たれたせいで、かえって息を乱している。

「この冬羽織を盗んできたのなら盗んできたと、正直に白状してくれるといい。いやなに、むつかしいこたぁない。盗っ人と窩主買で相身互《あいみたが》いということだよ」

（二）

本所深川方《ほんじょふかがわかた》の定廻《じょうまわ》り同心《どうしん》、柊夢之介《ひいらぎゆめのすけ》は、死人の首に浮き出た赤紫の輪と黒ずんだ鬱血《うっけつ》の跡をとっくり眺めながら、朱房《しゅふさ》の十手《じって》で盆の窪を叩いている。いつもの癖だ。

「頬冠《ほおかぶ》りをした賊が、小袖の袂《たもと》から細紐を取り出し、それを道具にして縊《くび》り殺した……その一部始終を、おみつは目にした、ってえな」

つぶやくように言う声は、同心にしては妙に艶がある。その声に似つかわしく、見目形《みめかたち》も、とうてい同心っぽいとは言えない。卵形の顔は磨いたように艶やかで、伏し目になると睫《まつげ》が目立つ。体もすんなりと細く、着流しに博多帯、三つ紋付の黒羽織に小銀杏《こいちょう》の髷《まげ》という廻り方の風体《ふうてい》が、不思議と役者のように小粋に映ってしまう。

「ほんに不憫《ふびん》なこって。おみつは、付きっきりでおとっつぁんの世話をしていたばっかりに、そんな恐ろしいものを見る羽目になっちまったんでさ」

死人を挟んで対面に座した岡っ引きの蔵六が、おもむろに返答した。

「それにしても、番頭の話では、おみつは、そこまで見ておいて賊の背恰好をまったく覚えておらんってえな。そこのところが、なんとも口惜しいじゃないか」

夢之介としては、おみつ本人に問い質したいところだが、あいにく、おみつは医者に掛かるために出かけている。父親が殺される光景を目の当たりにしたにもかかわらず、おみつは置物のように静まっていた。何を訊かれても、一言も発しない。そのおみつを、母親が気の病に罹《かか》ったものと決めつけ、今夜半、無理やり本所元町の掛かり付けの医家まで引っ張って行ったのだという。

「旦那、けつの穴のせめえことを言っちゃあいけません。十六の娘っこが、目の前で父親を殺されたんだ。気持ちは乱離骨灰《らりこっぱい》になっていて、賊の背恰好を見分けるどころじゃあねえでしょう。そこんところを、噛み分けなくっちゃあならねえ」

柊右衛門から息子の夢之介へと、二代にわたって柊家から岡っ引きの手札《てふだ》をあずかっている蔵六は、何かと夢之介をたしなめる口調になる。綿菓子のようにふさふさした白髪頭の蔵六は、長らく裏店《うらだな》の煮売屋を本業にしていたが、二年前、繁華な両国橋東詰の尾上町へ移って慳貪屋《けんどんや》を始めた。夢之介の手下となって働く時には慳貪屋を女房と娘に任せる。

一膳飯屋《いちぜんめしや》とも呼ばれる慳貪屋は、一椀に盛った蕎麦《そば》、饂飩《うどん》を出して酒を飲ませるのを常とするが、蔵六の店ではとびきり美味い煮染《にしめ》が食えるので、夢之介は、本所深川廻りの合間に立ち寄る憩いの場として大いに重宝している。

「それはそうと、旦那。こいつは、三つ目にちげえねえ」

「六の字は、相変わらずせっかちだねえ。さすがは江戸者だよ」

夢之介は、片頬で小さく笑った。死人の傍らに片膝を突いた姿勢のまま、首をめぐらせて背後の踏込床《ふみこみどこ》を見やった。

「賊は、あすこに掛かった探幽《たんゆう》の掛け軸を盗み取っていったと。家捜《やが》しの跡がねえってことは、はなから探幽の掛け軸が狙いで押し込んだってえことだな」

そう言って顎で示した踏込床の奥の壁には、うっすらと長四角に掛け軸の跡がとどめられている。

「家捜しの跡がねえ、殺しの手口は細紐による縊殺《いさつ》、おまけに現場には土足の跡がねえときてやがる。だから、あっしは言うんだ。三つ目だってえね」

夢之介は、蔵六のほうへ顔を返すと、口を結んだまま畳に目を落とした。長い睫が、いかにも女の心を惹きそうな愁《うれ》えを帯びた翳《かげ》をつくる。色事師《いろごとし》のような白い手で畳をさすりながら、ぽつりとつぶやいた。

「この畳は、ちょいとささくれているな」

つかぬことを口にする夢之介に、蔵六は、ひくりと頬をしかめた。

「森田屋市左衛門は、この部屋に三年も寝たきりになっていたんですからね。すりゃあ、おかみさんだって、表替《おもてが》えをするのも遠慮したくもなりまさ」

深川一色町の太物問屋森田屋のあるじ市左衛門は、三年前に脳の病に冒され、四十三歳にして、起き上がることはおろか手足を動かすこともならなくなった。できるのは涎《よだれ》を垂らしながらもごもごと言葉にならない声を発することだけで、店の切り回しは十五歳下の後妻にゆだねられてきた。その市左衛門は、昨夜、押込みの手にかかって床に臥《ふ》せったまま縊り殺されたのだ。市左衛門の娘おみつが殺しの現場に居合わせたのは、おりしも父親の介護をしていたためである。

事件のことが家人に知れ渡ったのは、本日の丑《うし》の上刻《じょうこく》（午前一時ごろ）、おみつと交替で市左衛門の介護をする女中のお熊が、市左衛門の居室に入った時だった。いつもなら、亥《い》の下刻《げこく》（午後十一時ごろ）には「わたしは休むから、付き添いを替っておくれ」と呼びに来るおみつが、深更になっても女中部屋へやって来ない。父娘水入らずの邪魔をしてはならないと気づかっていたお熊も、さすがに心配になって様子を見に行ったのだという。

いっぽう、通い奉公の手代が、森田屋の裏口から下がる際、掘割の端を駆け去って行く人影を目にしたのは、昨夜の亥の上刻（午後九時ごろ）。その手代によれば、時に、風もないのに裏手の枝折戸《しおりど》が揺れていた。どうやら、手代の目に映った人影が賊の後ろ影であったことは間違いなさそうである。

すると、おみつは、凶行がおこなわれた場面で叫びを上げなかったばかりか、賊が立ち去ったあと二時《にとき》（四時間）あまりも独りで黙りこくっていたことになる。

あまりの凶事に遭い、おみつは、たちどころに気の病に冒された――。継母がそう思ってしまったのは、無理もないことであろう。

夢之介と蔵六の間に横たわった市左衛門の骸《むくろ》は、仰向けの姿勢で胸まで掛け蒲団に覆われて、首の回りに浮き出た赤紫色の輪がなければ、何者かの手にかけられて息絶えたようには見えない。ともかく、お熊の悲鳴を聞きつけて飛んで来た家人が目の当たりにした市左衛門の死姿《しにすがた》が、まさにこれなのだ。夢之介も蔵六も、蒲団の上に仰臥《ぎょうが》した縊殺死体にお目にかかったのは初めてである。

夢之介は、畳から目を上げると、蔵六の頭越しに明かり障子を見やった。釣られて、蔵六も後ろを振り返った。

「おまえさんに叩き起こされた朝っぱらは薄曇《うすぐもり》だったが、どうやら春らしい日和になりそうじゃねえか。東向きの紙障子が、きれいに白く光ってら」

本日は、文化四年の正月二十五日。江戸では正月の行事が一通り終わり、鶯《うぐいす》が鳴き始める時節である。今しも、どこからか、鶯のたどたどしい笹鳴《ささな》きが聞こえている。

「旦那、春らしい日和が何だってえんで」

夢之介に向きなおった蔵六が、白い眉を角のように逆立てた。

「畳は古いが、障子は新しい。さすれば、春の日もきれいに入るってえことさ」

夢之介は、目を細めて明かり障子を見やり続ける。まっさらな明かり障子から差し込む春の光が、殺しの穢れを洗うように、部屋を白く照らしている。

十手の先で盆の窪を叩きながら、夢之介は、眠たげにも見える物思いの眼差しを宙に投げて、

「それにしても、腑《ふ》に落ちないねえ」

またもや、つかぬことをつぶやいた。

「へえ……腑に落ちねえ?」

蔵六は、松葉のように細い目をぱちくりさせた。

「こいつぁ、おまえさんの言うとおり、三つ目にちげえねえ。それにしても、この一件には、ちょっくら腑に落ちねえことがある」

「…………」

「賊は、頬冠りで顔を隠していたというに、わざわざ寝たきりの市左衛門の首に紐を掛けて縊り殺したってえな。そんなごっぽう人が、なんでまた、殺しの場に居合わせたおみつを生かしておいたんだろうね」

蔵六は、死人の傍らに座したまま、背筋を伸ばして胸の上に高く腕を組んだ。

「旦那、そいつは、賊を捕めえてから、本人に訊いてみちゃあどうです」

「もう一つ訊くが、おみつは、なんでまた、父親が殺されるのを黙って見ていたんだい？　賊が市左衛門の部屋へ押し入ったとき、おみつは、まったく叫び声を上げなかった。そうだろ」

「すっぱり肝を潰して、声も出せねえってことがあるでしょうが。さっきから、十六の娘っ子に手厳しすぎますぜ。旦那も、早いとこ嫁御をもらって、娘でもこさえるんだね。その娘が十六にでもなりゃ、うら若い女子ってものがどんなにか弱い生き物かが分かるってもんだ」

「すりゃ、ずいぶんと気のなげえ話だな」

夢之介は、唇を曲げて苦笑した。ふっと浅く吐息をつくと、あらためて死人の顔に目をやった。頬や頤《おとがい》の張った険しい顔立ちにかかわらず、両眼を深く閉じた市左衛門の死に顔は仏像のように静穏に見える。じつは、それもまた、夢之介の腑に落ちないことの一つであった。これが、押込みに縊られて死んだ人間の顔なのかねえ、という低いつぶやきは、蔵六には聞こえなかったようである。

「さてと、行くか」

と言って起き上がった夢之介を、蔵六が、細い目をまるくして見上げる。

「行くって……旦那、おみつの帰りを待たないんですかい」

夢之介は、ひょいと黒羽織の裾をはしょって、朱房の十手を腰の後ろに差した。

「おみつには、おまえさんが会って、しっかりと話を聞いておくれな。それから、おみつがどんな娘なのかを、それとなく家人や奉公人に訊いておくのも忘れずにな。おれは、この件で、すぐに行かねばならねえところがある」

「そりゃ、そうだ。奉行所に顔を出さねえとなりませんな」

「ああ、そうだな」

気のない返事をして、優男《やさおとこ》の同心は、何やら遠くを見つめるような目付きをした。一色町自身番の書役《かきやく》から急報を受けた蔵六が、朝一に八丁堀《はちょうぼり》の組屋敷へ駆けつけたので、本日は奉行所に出仕《しゅつし》していない。よって、同心付きの中間《ちゅうげん》も従えていないのだが、夢之介としては、御用箱を背負った中間がくっついて来ないほうがせいせいする。ぜんたい、下級役人の廻り方同心が、偉そうに供を従えている姿がどうも好かない。

「それじゃ、頼んだよ」

障子を開けて市左衛門の居室を出ると、裏庭に面した廊下に座り込んでいた森田屋の番頭が、あわてて腰を上げた。どうやら、同心と岡っ引きのやりとりを盗み聞きしていたようだ。番頭は、森田屋の奉公人の中に手引きをした者がいるのではという密談を聞き取ろうとして、耳を澄ませていたと見える。だが、それは見当外れである。「三つ目にちげえねえ」と踏む夢之介と蔵六には、手引きの筋へのこだわりはない。

「ちょうどいい。番頭さん、もそっとしたら駕籠《かご》を呼んでおくれな」

夢之介は、やんわりと五十年配の小男に言いつけた。番頭は、へい、承知いたしました、と言って決まり悪そうに揉《も》み手をする。

夢之介は、あらためて、市左衛門の居室に面した裏庭を見やった。正面の柴垣には、掘割のほとりに通じる枝折戸《しおりど》がある。若芽が萌え出したドウダンツツジの傍らには、何も置かれていない盆栽棚がぽそっと立っている。あるじの市左衛門は、五体満足であったころ、盆栽を趣味にしていたようである。

先刻の検《あらた》めで、柴垣の枝折戸から市左衛門の居室の外側に沿う濡れ縁へと、足袋跣足《たびはだし》の跡が続いているのが判然と認められた。市左衛門が寝た切りになって以来、塵や落葉を掃く奉公人以外の者が裏庭を歩き回らないことのおかげである。

濡れ縁へ続く足跡よりも夢之介の注意を強く惹いたのは、濡れ縁の真下から枝折戸へ続く足跡のほうだった。これは、はっきりと裸足の形を描いていた。つまり、前夜の凶賊は、土の付いた足袋を脱いで濡れ縁から廊下へと上がったのだ。廊下にも市左衛門の居室にも土足の跡が残されていなかった理由が、そこにある。

——寝た切りの老人に手をかけるごっぽう人にしちゃあ、妙に行儀のいい野郎さ。

　じつは、そのこともまた、夢之介をして、「三つ目にちげえねえ」と思わせる決め手の一つなのであった。

「それはそうと、番頭さん」

　夢之介は、駕籠の手配をするために腰を浮かした番頭に向きなおった。

「賊が押し込んだ夜分、ここの板戸は閉《た》てておらなかったんだったな」

「へえ、閉てておりませんでした」

「どうりで、市左衛門の足元には、一抱えもある火鉢が置いてあるわけだ」

「へえ、あれは、板戸を開けておいても旦那さんが寒くないようにという、おみつお嬢さんのお心遣いでして。昨夜は、白土《しらつち》で磨いたような下《しも》の弓張りが出ていたもので、お嬢さんが、旦那さんの部屋に月明かりを入れてやるために板戸を開けたままになすったんでございやす」

「ほう。十六の娘にしては、ずいぶんと風流なこった」

「そもそも、お嬢さんは、旦那さんの部屋にも春の光を入れてやりたいということで、部屋の襖障子を明かり障子に貼り替えるように手配りなすったんでございますよ。この部屋は東向きですによって、朝から昼にかけてはよう光が入ります」

「これだけきれいな紙障子ならば、月の光も、さぞかしきれいに映るだろうよ」

「今さらめきますが、ここに板戸を閉てておれば、賊がやすやすと押し込むこともなかったものを。悲しいかな、お嬢さんのお優しい心遣いがアダになってしまいまして……」

いかにも物堅いお店者《たなもの》といった風情の番頭は、そそと目頭を押さえた。

「ところで、この障子の貼り替えは、いつやったんだい？」

「へえ、今年の十四日年越しでございます」

「どうりで、禊《みそぎ》をしたばかりのようにまっさらな紙障子だ。貼り方も、じつにしゃんとしてるぜ。障子を貼り替えた経師屋《きょうじや》は、どちらなんだい」

「へっ？」

番頭の禿げあがった額に、鑿《のみ》で彫ったような横皺が刻まれた。

「はあ、旦那は、ご自分の家の障子の貼り替えでもなさるんで？」

「まあ、そんなところだ」

夢之介は、にっと白い歯を見せた。

夢之介を乗せた駕籠は、コリャサ、コリャサという駕籠かきの掛け声とともに掘割のほとりを走って行く。ほどなく、駕籠は、隅田川に架かる永代橋《えいたいばし》に差し掛かった。左右の垂れを上げてあるので、駕籠に揺られる夢之介の目に、初春の光をはじいて悠然と流れる隅田川の眺望が映った。白く光る水面には、上り下りの荷船がひっきりなしに行き交い、春の鴨がさわがしく群れていた。

八丁堀の組屋敷で生まれ育った夢之介は、江戸の水と空気を骨の髄まで染み込ませている。さらに、江戸の表と裏を知り尽くす定廻りの役目を通して、夢之介には、裏店の煮売りの匂いや物干し場の景色までもが慕わしく感じられるようになった。江戸の春の風景を目に映しながら、夢之介は、廻り方同心としての意気《いき》地《じ》をあらたに燃やしていた。

——おれの江戸を荒らし回るごっぽう人は、必ずこの手で引っ捕らえてやるさ。

駕籠は永代橋を西へ渡ると、すぐに豊海橋を南へ渡って、左右に折れる路地をあわただしく縫いながら霊岸島《れいがんじま》を通り抜けて行く。駕籠の行く先は、数寄屋橋《すきやばし》門内の南町奉行所である。夢之介が所属するのは常盤橋《ときわばし》門内の北町奉行所なのだが、差し当たって用があるのは今月が非番になっている南町奉行所のほうなのだ。

数寄屋橋を渡った正面に建つ門は閉じていたが、切戸《きりど》は開いていた。非番の奉行所にも、与力や同心が繁々と出入りする。月番の時に受理した公事《くじ》(訴訟)を処理したり、出役《でやく》や応援にそなえて待機したりするので、非番といっても休めるわけではないのだ。門番所の小者は、切戸から入った夢之介の顔を見ると、門札《もんさつ》なしに通してくれた。

同心部屋の文机で捕物帳《とりものちょう》をめくっていた尾形兵庫《おがたひょうご》が、目の前に立った人の気配を感じて顔を上げた。

「これは、杉丸ではござらぬか」

兵庫は、夢之介を幼名で呼んだ。当年とって二十七歳の夢之介より二つ年下の兵庫は、八丁堀の組屋敷でともに育った竹馬《ちくば》の友で、兵庫が身を固める前は岡場《おかば》所《しょ》で通人ぶりを競い合った悪友でもある。同心の身分は「抱え席」の名義になっており、一代限りの年季契約を建前とするが、おおむね父から継嗣へ職掌が継がれる習いになっている。南の奉行所に幼馴染の同心がいるのは、そのたまものだ。

「火急の用事だ」

夢之介は、華奢《きゃしゃ》な体に似合わぬ伝法《でんぼう》な物腰で、どっかと旧友の前に腰を落とした。

「火急の用事とな。ふむ、何が起こったのか当ててしんぜよう」

江戸言葉が板に付いた柊夢之介とは対照的に、尾形兵庫は、四角張った武家言葉を好んで使う。町人から「八丁堀の旦那」と心安く呼ばれる身分が気に入らないせいで、ことさらに武士然とふるまう癖が身についたようだ。がっしりした肩を怒らせ、やたらに長い顎を反らせて歩く姿は尊大と言えば尊大、滑稽と言えば滑稽である。

「三件目が、出もうしたな」

兵庫は、髭の剃り跡の青々とした長い顎をざらりと撫でた。

「当たりだよ」

「されば、それがしも、ここにこうしてはおれん。分かっておろうが、手柄は、それがしとおぬしの折半にござるぞ」

「分かってらぁな」

夢之介は、片頬でひくりと笑った。

「ともかく、深川佐賀町の船宿《ふなやど》まで付き合ってくんな。こたびの一件については、道々話させてもらうよ」

夢之介の誘いに応じて、馬面の同心は、付いて来ようとする中間を大きな掌で追っ払って奉行所を抜け出た。

両替商の店が立ち並ぶ銀座の町を東へ向けて突き切りながら、夢之介は、深川一色町の森田屋における事件のあらましを兵庫に伝えた。馬面の大男と白面の華奢な男が、ともに三つ紋付の黒羽織を着て並んで歩いている図は、どことなく人目を惹くものがある。通りを行き交う銀座衆や両替商が、二人を物珍しそうに見やる。正月二十五日の昼下がり。新芽と花の薫をほのかに含んだ春風が吹いている。昨晩、深川一色町で強盗殺人があったとは思えない、血も骨も緩むような日和である。

「おみつという娘の証言によれば、賊は、細紐で寝たきりの市左衛門を縊り殺したとな。賊の狙いは探幽の掛け軸で、家捜しの跡はいっさいなし」

一渡り聞き終えた兵庫は、検算をするふうに復唱を始めた。

「そのうえ、凶行の現場には土足の跡もないときておる。されば、これが三件目であることに疑いはござるまい」

うむ、これは当たりが来たようだ、と兵庫は釣りの言葉を使った。向島《むこうじま》での岸釣りが、これなる大男の唯一の趣味である。

（三）

事の始まりは、昨年の十一月二十日であった。その日、銀座の両替商大谷屋の隠居、吉兵衛が深川永堀町の妾宅《しょうたく》で殺され、萌黄羅紗の冬羽織が盗み取られた。

吉兵衛は、妾宅に訪れた際、贅沢《ぜいたく》な萌黄羅紗の冬羽織を次の間の衣桁《いこう》に掛けていたのである。

十一月は北町奉行所の月番で、本所深川方の定廻り同心、柊夢之介が永堀町の妾宅へ出向くことになった。事件現場となった妾宅は、玄関が北側の仙台堀に面し、表から奥へ中の間、居間、次の間が並ぶ平家建てだった。長火鉢《ながひばち》の置かれた居間は、妾の浜夕が旦那をもてなす場所で、吉兵衛の冬羽織を掛けた衣桁が立てられた次の間は、寝屋《ねや》と納戸を兼ねていた。

事件の間、浜夕が不在だったのは、日本橋堺町の中村座に出かけていたためである。妾宅の玄関口には「落とし」と呼ばれる錠が仕掛けられていて、旦那の吉兵衛は、浜夕の留守中におとなった際は、紙入れの中に入れてある鉄の鉤《かぎ》を使って玄関口の錠を開く。その日、まだ明るいうちに妾宅へ入った吉兵衛は、居間で独酌をしながら愛妾の帰りを待った。そうしたことが分かったのは、火ともしごろになって浜夕が帰宅した時、長火鉢《ながひばち》の猫板に小半入《こながらいり》が置かれ、火鉢に埋めた燗鍋《かんなべ》がカラカラと音を立てていたからだ。

だが、吉兵衛の死体があったのは、その部屋ではない。大谷屋吉兵衛は、次の間で縊り殺されていたのだ。うつ伏せになった死体の後ろ頸には、くっきりと細い紐の跡が付いていた。もっとも、細紐で絞めた跡は、永堀町の自身番に駆け込んだ浜夕に付いて来た書役が提灯の光を当てた時、初めて認められたのであるが。

夢之介は、押込みと殺しがどのようにおこなわれたかを推量した。吉兵衛は、次の間の物音に気づいて、そちらへ立って行った。そうして、賊に遭遇したのであろう。堺町へ出かけた浜夕は、日暮れ前には帰宅するつもりでいたので、裏口の戸締りはしていかなかった。それらの状況から、賊が裏口から次の間へ侵入したことは明らかであった。そのことと、家捜しの形跡がまったくないことを考え合わせた結果、賊は、あらかじめ萌黄羅紗の冬羽織を狙って裏口から侵入したという筋書が焙《あぶ》り出されてきたのである。

その賊について重要なのは、くだんの妾宅の間取りと高価な冬羽織の在り処《あか》をあらかじめ知っていたことであったが、それが大谷屋の筋から漏れたとは考え難かった。そもそも、商家の隠居が、家人や店の奉公人に妾宅の間取りや愛妾との過ごし方を詳しく話すなどは、晦日《みそか》に月が出るほど有り得ないことである。夢之介は、犯人捜しの的を、妾と妾宅の筋に絞った。

元は新吉原の花魁《おいらん》だった浜夕《はまゆう》の筋には、かなり匂う人間が浮かんできた。新造《しんぞう》時代の浜夕に入れ揚げていた摺師《すりし》の定次は、廓通《くるわがよ》いが高じて、家財を売り払った挙句《あげく》に高利の座頭金《ざとうがね》に手を出す泥沼にはまっていた。浜夕の実兄の熊吉は、収入のとぼしい手間取《てまと》り大工のくせに賽賭博《さいとばく》に首まで浸かり、三十五歳になった今も嫁に来手がない。こちらは、十日に一度は浜夕に賭博代を無心していた。そうしたことを、夢之介から手札をあずかる蔵六が、配下の下っ引きを駆使して三日で調べ上げたのである。

「おまえさん、摺師の定次か兄の熊吉に、旦那の冬羽織のことを話しやしなかったかい」

夢之介の問いかけに、大年増《おおどしま》の浜夕は、険をふくんだ流し目をくれて、いかにも肝が据わっていそうな低い声で応じた。

「わたくしは、中の花魁になってからというもの、定次はんのおゆかりではおざんせん。中というところは、そういうものでおざんすえ」

ここで言う「中」は吉原を指す隠語で、廓の中を意味している。もっとも、ほとんどすべての江戸者に通用する言葉であるからには、もはや隠語とは言えまい。

「じゃによって、わたしくが大谷屋の御隠居に身請けされる何年も前から、定次はんとは無音《ぶいん》ということにおざんす。手なぐさみの金を無の字に来る兄さんにしたって、顔を見るのも小腹が立つと思っておりますのに、どうして旦那はんの冬羽織の話なんぞをしてやらねばならんのですえ」

そう言われたところで、夢之介としては、素直に定次と熊吉への疑いを解くわけにはいかない。はたして、奉行所の記録を調べ返したところ、手間取大工の熊吉が、二年前にコソ泥をやらかして重敲《じゅうたたき》の刑を受けていたことが判明したのである。

「旦那、こいつあ、ちげえねえの真ん中ですぜ」

蔵六は、左の袖を肩までまくって、さっそく熊吉をふん縛りに行った。抵抗する相手に縄を掛けるのは、岡っ引きの見せ所である。しかし、長屋でごろ寝していた熊吉は、少しも騒がなかった。「へえ、この俺が」と感心したような声を出して、「どれどれ、なになに」とでも言いそうな様子で永堀町の自身番屋へ引っ立てられていった。

自身番屋における夢之介の取調べに対しても、熊吉は、のうのうとしたものだった。

「なんでも、あっしが、妹の宅へ押し込んで大谷屋の御隠居の羅紗羽織を盗み、ついでに御隠居を縊り殺したんだそうで。したが、困ったことに、そんなこたぁ御本人がてんで覚えがねえ、おまけに、御本人の家にゃ盗んだ羅紗羽織なんてものは影も形もねえ。御本人が自慢できる織物と言やぁ、紺縮緬《こんちりめん》のフンドシくれえのもんだってえことでして」

実際、熊吉の家宅を捜索した蔵六によれば、そこには簞笥も行李《こうり》もなく、盗んだ羅紗羽織を隠すような場所は、三和土の隅にぽつんと置かれた米櫃《こめびつ》くらいしかなかったという。

「もちろん、米櫃の中も検めてみましたがね。中には米さえ入っておらず、米食《こめくい》虫《むし》の死骸がひとつ転がっていただけでございやした。どうやら、米食虫のやつも、兵糧攻《ひょうろうぜ》めにされて飢え死にしちまったようで」

さて、自身番屋の座敷に据えられた熊吉は、臆する色もなく妙ちきりんな申し開きを続けた。

「旦那は白状せえと取り詰めやすが、あっしには、どう白状したらいいかが分からねえときておりやす。こいつぁ、なんですな、夜中にあっしの首が抜けて窓から外へ飛んでいき、あっしが大いびきをかいて寝ている間に悪さをして帰って来るってえ、あてこともねえ怪談みたようなものでして。そういうしだいですんで、あっしがどうやって押込みと殺しを働いたのか、旦那には、そこんところを詳しく教えていただきてえもんでござえやす」

肝が太いのか頭が鈍いのか、とぼけているのか寝ぼけているのか、さすがの夢之介も判じかねて、とりあえず熊吉を放免することにした。そのまま牢へ送ることもできたが、熊吉は前科があるだけに、牢送りにすれば一巻の終わりになる。ただでさえ「現世地獄」と称される小《こ》伝馬《でんま》町牢屋敷《ちょうろうやしき》の拷問は、前科者に対しては、いっそうきびしさを増す。熊吉の肝がどんなに太かろうが、その責め苦に堪えられるものではない。仮に、責め苦に堪え抜いて無実を訴え通し、娑婆《しゃば》に戻ることができたとしても、熊吉は死ぬまで自分の足で歩くことのできない体になっているこことだろう。牢屋敷の拷問とは、さようなものである。

ようするに、万に一つ熊吉が無実であったとすれば、夢之介のほうが熊吉に対して償うことのできない罪を犯すことになるわけだ。さればこそ、牢送りには慎重のうえにも慎重を期さねばならぬというのが、柊夢之介の心得の一である。

とはいえ、夢之介は、熊吉を野放しにしたわけではない。蔵六の下っ引きを熊吉に張り付け、そのいっぽう、実妹の浜夕には、熊吉の無心には決して応じないよう釘をさして置いた。

大谷屋事件の咎人《とがにん》が、熊吉であるとして――。くだんの羅紗羽織が熊吉の宅では発見されなかったことから、熊吉が、早々と盗品を窩主買へ持ち込んだことは疑いない。当面は賭博代に困らないだろうが、しょせん、一山の薪を焼《く》べるように悪銭を使い果たすことになる。そうなれば、熊吉は、腹の空いた熊が山から降り来て畠や人家を襲うように、おのずと本性を顕わすはずだった。

そうして、大谷屋事件の捕物が持久戦の域に入っていたころ——、餅を搗《つ》く音と掛け声が江戸市中のそこかしこで聞かれ始めた十二月十五日に、船宿《ふなやど》武蔵屋の事件が起こったのである。

「十二月十五日に船宿武蔵屋の女将《おかみ》が殺されていなければ、おぬしは、手間取り大工の熊吉に目を光らせ続けていたところにござるな」

永代橋を東へ渡り切り、川向こうに到って北を指したところで、兵庫が、友禅《ゆうぜん》染めの振袖《ふりそで》をまとった三人連れの後ろ姿を細めた目で見やりながら言った。裕福な町人の娘たちが、誘い合わせて亀戸天神《かめいどてんじん》あたりへ詣でる図と見えた。正月二十五日は、亀戸、平河、湯島の天満宮の初縁日である。鮮やかな晴れ着をまとった三人がきゃらきゃらと笑いさざめく声が、隅田川の悠々たる川音に混じって聞こえてくる。

「それを言うなら、十二月十五日の晩に、蔵六の店でおぬしと飲まなければ、さ」

「うむ。そうでござった。あの慳貪屋で地蔵菩薩を酌み交わしながら、それがしは、深川佐賀町の事件の話を始めたのでござるな。あんな事件でもなければ、酒の肴にふさわしい艶っぽい話でもしていたところであるが」

十二月は、南町奉行所の月番だった。南町奉行所の定廻り同心、尾形兵庫は、夢之介と同じく本所深川を領分にしている。よって、十二月十五日の深川佐賀町における事件の調べには、当然のごとく兵庫が当たったのである。

「殺されたのは、船宿武蔵屋の女将おこと。骸《むくろ》の首の回りに細い輪状の痣《あざ》これあり。当番方の検使が見定めるまでもなく、細紐による縊殺であることは明々白々。犯行の目的は物取りにて、盗まれた銀の置時計は、四十両相当の唐物《とうぶつ》に候《そうろ》う事。しかれども、家捜しの跡は皆無。土足の跡もなきに御座候《ござそうろう》。そのように、それがしが奉行所に報告したるままを述べると、おぬしの顔色が見る見る変わったのでござるな」

夢之介の顔色を変えさせたのは、「土足の跡もなし」というくだりであった。

それを耳にしたとたん、大谷屋吉兵衛の妾宅にも押込みの足跡が残されていなかったという事実が、暗い沼の底から姿を現した鯰《なまず》のように、夢之介の脳裏に浮かび上がったのである。

くだんの犯行現場を検めた時点では、そこに土足の跡が残されていないことなどは、さして気に留めなかった。賊が、妾宅の間取りと獲物の在り処をあらかじめ知り抜いていたことにくらべれば、小さな事実にすぎなかったのである。だが、武蔵屋事件にまつわる兵庫の報告を耳にしたことによって、それが大きな事実に一変したのだった。

――武蔵屋事件は、大谷屋事件と双子みたいにそっくりじゃねえか。しかも、深川永堀町と深川佐賀町は、三町と離れていねえ。こうなると、大谷屋事件だけを見ていたんじゃ、象の尻尾をつかんで、こいつは蛇だと決めてかかるようなことになるぜ。

夢之介は、めずらしく昂奮していた。二つの事件は家捜しの跡を残さぬ押込み、細紐による縊殺の二点で似通っているばかりか、土足の跡がない点まで同じである、ということをまくしたてると、兵庫は、さすがに廻り方同心らしい反応をぱっと示した。

「いかさま、大谷屋と武蔵屋を襲った咎人を同一と見なすことに難はござるまい。しからば、手引きの筋は捨ててもよかろう。二つの商家に、それぞれ手引きする者をこしらえんとする押込みなど、あろうはずがござらん。なんとなれば、手引きをする者の当たりを付けるということは、犯行が事前に発覚する危険を増すことにほかならぬ。さように、奉公人あるいは家人に押込みの手引きさせるのは、そうやすやすと使える手ではござらん。しかし、そうなると、家捜しの跡が皆無であるという点を、どう考えたらよいのか……」

「そこでだ、土足の跡がないという点に目を向けるのさ。すると、何が見えてくるね」

懐手《ふところで》をして長い顎を胸に押し付けた兵庫は、ややあって、つぶやくように言った。

「仕事柄の習い性……。そういったものかもしれぬな」

「そう、それだよ」

夢之介は、パンと横手を打ったものだ。

その道の本手《ほんて》に、わざわざ履物《はきもの》を脱いで押し込むやつがいたためしはない。そこへ、兵庫の言う「仕事柄の習い性」というやつを持ってくると、賊がわざわざ履物を脱いで押し込んだ不自然さに、それなりの説明をつけることができるのだ。

「よそ様の家の中に上がり込むことを生業《なりわい》とする者ならば、押込みの段にも習い性ってやつが出て、つい履物を脱いじまうんじゃあねえか」

「うむ。よその家の中に上がることを常とする出入りの業者、というわけにござるな」

「さいな。出入り業者なら、押込みの前に金目の物の在り処をじっくり見定めることができるほどに、家捜しの跡がまるっきりねえこととも平仄《ひょうそく》が合う、ってえ寸法だ」

「いかさま、その線ならば、大谷屋と武蔵屋とを無理なく結びつけることができよう」

「そこで肝心なのは、どうして、今年の十一月から一連の犯行が始まったかということさ。そいつは、咎人を割り出す鍵にもなるってえことだ」

夢之介と兵庫は、額を合わせて考えた。

そうして――、
本年の秋もしくは夏以降に、深川の一帯で行商を始めるか店を開くかして、くだんの二軒へ出入りを始めた業者。または、その時期に大谷屋吉兵衛の妾宅と船宿武蔵屋に出入りする業者に奉公を始めた者。

という、二人の間だけに通じる手配書のようなものがこしらえられたのであった。

本年の秋あたりから廓の女か賭博にはまり、身に過ぎた金が入り用になった者。という線も考えられないことはなかったが、そうした世俗的な事情は、物取りに縊殺を加える凶悪性と相容れないものを感じさせた。夢之介と兵庫が共に思い描いた犯人像は、あくまでも、生まれつき体の中に一匹の鬼が棲んでいるような凶《きょう》賊《ぞく》だったのである。

「こう申してはなんだが、三件目が出たおかげで、我らの推量にまちがいのなきことが、いよいよはっきりとした仕儀《しぎ》にござるな」

兵庫は、隅田川の端をのしのしと歩きながら、高い頭から夢之介に声をかけた。

「さようさ」

夢之介は、三件目が起こるのを待って網を張っていたようなものだった。深川の一帯を島にする業者は、行商人を入れれば途方もない数にのぼり、それらを虱《しらみ》つぶしに当たることからして気の遠くなるような難作業であった。

——したが、三つ目が起これば、きっと、二つ目まででは見えなかった何かが見えるようになるにちげえねえ。

武蔵屋事件から森田屋事件までの四十日間は、夢之介にとって、じつに長かった。

深川永堀町と深川佐賀町の間がわずか三町ならば、森田屋事件が起こった深川一色町と深川佐賀町の間もわずか三町。その三点を結ぶ線が、今や夢之介の脳裏にくっきりと描かれている。そうよ、こいつぁ、凶賊の領分を示す朱引《しゆびき》みたようなもんだぜ。

「おぬし、その様子だと、さては何がしかの当たりが付いてござるな」

頭一つ分高いところから顔を覗き込んできた兵庫に、夢之介は、前を見たまま横顔でうなずいた。まっすぐ前方を見すえた目が、正面から吹きかかる南風を払うように強く見開かれている。

（四）

武蔵屋の玄関口から顔を出したあるじは、穴があくほど夢之介の顔を見つめて言った。

「へえ……旦那は、ほんに三津五郎に似ておりやんすな」

根っからの芝居好きらしく、本物の坂東三津五郎《ばんどうみつごろう》を目の当たりにしているかのように顔を輝かせている。この音吉は、殺された女将おことの長男である。七年前に武蔵屋の亭主が病没して以来、おことは、女の細腕で武蔵屋を切り回してきた。そのおことが四十一歳にして押込みに殺されてしまったため、日本橋の船宿へ奉公に出ていた小旦那《こだんな》の音吉が、ひょいと武蔵屋のあるじに納まるかっこうになったのだ。

当年とって十九歳という音吉は、丸い顔にニキビが残り、小旦那の甘えが抜けない感じが全身から漂っており、船宿の主人としてはいかにも頼りない。

「こうこう、あんまりおひゃってくれるない」

夢之介は、こなれた江戸言葉で返しながら、尾形兵庫に続いて武蔵屋の玄関口をくぐった。

深川佐賀町上ノ橋付近に建つ武蔵屋は、玄関が仙台堀に面した二階家で、たいがいの船宿がそうであるように、宴会や宿泊の客は六畳に仕切られた二階に通される。一階部分は、玄関を入ると水甕《みずがめ》と足洗桶の置かれた土間があり、続いて竃《へっつい》、食器棚、酒樽、船用火鉢などが置かれた板敷きになり、その奥が主人の起居する畳敷きの部屋になっている。

一階の畳敷きの部屋には、長火鉢《ながひばち》と煙草盆、枕屏風《まくらびょうぶ》に囲われた行灯《あんどん》、簞笥《たんす》、縁《えん》起棚《ぎだな》などの調度がきちんと配されていた。武蔵屋の女将が長らく暮らしていた部屋だが、今は音吉のものになっている。

「盗まれた唐物は簞笥の上に置かれていたってえことだが、あの簞笥の位置は、女将が住んでいたときのままなのかい」

夢之介は、裏口の間際に置かれた簞笥を指差した。

「へえ、あそこから動かしておりやせん。あれは、あたくしが嫁をもらっても、あすこに置いて嫁に使ってもらうつもりでやんす。なにしろ、おっかさんの大事な形見でやんすから」

音吉が、しんみりとなって言った。裏口の明かり障子から差した光が、細工の凝った簞笥を艶々《つやつや》と照り輝かせている。

「くだんの唐物は、紅毛《おらんだ》の銀の置時計だってぇな。金に替えれば、四十両を下らないと聞くぜ」

「へえ、この武蔵屋の御先祖様は、権現様《ごんげん》が御入府《ごにゅうふ》なされるのに従って、摂津国《せっつのくに》佃村《つくだむら》から江戸へ移って漁師を始めたお方でやんして。その御先祖様は、江戸の近海でせっせと魚を獲《と》っては、せっせと御城に魚を献じたんでやんす」

「ふうん。日本橋魚河岸の源《みなもと》ってえやつだな」

「へえへえ、そうでやんす。んで、御先祖様は、そんときの働きが認められやんして。恐れ多くも、権現様のお持ち物であった紅毛の置時計を、お奉行様を通して拝領いたしたんでやんす」

「そりゃ、まさしく武蔵屋代々の家宝だな。ところで、盗まれたのはその家宝だけで、家捜しの跡はこれっぽっちもなかった、ってえな」

言いながら、夢之介は、せわしく目を左右に動かして、簞笥の頭と裏口の明かり障子を交互に見やった。

「家捜しもなにも……簞笥の引き出しひとつ、長火鉢の引き出しひとつ開いてなけりゃ、行李の蓋も開いてねえ、家財道具のひとつ動かされているわけでもねえってえなもんで。あたくしが日本橋からここへ飛んで来たときの様子は、そんなあんばいでやんして。なんだか、御先祖様があの世で借金をこさえて、質草にしようとして紅毛の銀時計だけをちょうだいしに来たようでやんした。おまけに土足の跡が残ってねえ、ときた日にゃ、ますます幽霊の仕業としか思えねえってえてきますんで」

「なるほど。御先祖の幽霊なら壁を抜けられそうだが、賊は人間だ。戸を開けて入って来るしかねえだろう」

「へえ、行儀よく表口からへえり、行儀よく履物を脱いで上がったようでやんす」

「ふうん。表口から堂々とな」

それでも、夢之介の顔は、表口とは正反対の裏口の方へ向いたままである。

「船宿には、朝釣りのために払暁《ふつぎょう》に船を借りに来る客もおれば、明け七つに出て行く泊まり客もおりやす。そんなわけで、表口は、未明のころから掛け金を外しておきますんで」

「そうして、賊は、家の中をまったく荒らさずに、目当ての品物だけをいただいて表口から出て行ったと。まったく、勝手知ったる他人の家ってえなものだな」

「その野郎は、おっかさんを……」

音吉は、ぐっと声を詰まらせて、部屋の中央に置かれた長火鉢の辺りを見すえた。おことの骸《むくろ》は、長火鉢の傍らに転がっていたのだ。通いの船頭たちよりも早起きをするおことは、凶賊が押し入った時、すでに蒲団を畳んで着替えをすませていた。

おことの骸を最初に発見したのは、通い女中のおよねである。およねには、武蔵屋の女将が眠っているのではないことがすぐに分かった。火鉢を抱くように横向きに倒れたおことの首に、くっきりと細い紐の跡が浮き出ていたからだ。文化三年十二月十五日、寅刻《とらのこく》（午前四時ごろ）のことである。

そこから、およねは、気丈にてきぱきと行動した。佐賀町下ノ橋の自身番屋へ走って書役を武蔵屋に向かわせ、みずからは武蔵屋の船頭を励まして、猪牙舟《ちょきぶね》で音吉のいる日本橋の船宿へ向かったのである。

ふと、兵庫が、袂《たもと》の音を立てて荒々しく腕組みをした。

「そのようなことは、それがしが調べ尽くしておるではないか」

「おう、そうだったな」

夢之介は、すいと兵庫の傍らを抜けて、裏口の障子に顔を近づけた。薄い紅葉の模様を散らした、すがすがしい明かり障子である。

「つかねえこったが、音吉さんよ、この障子はいつ貼り替えたんだい」

そう訊かれた音吉は、きょとんと目を丸くした。

「さあて。あたくしは、日本橋へ奉公に出ておりやしたから、いつと言われましても……」

「おう、そうだったな。誰なら分かるね」

「へえ、通い女中のおよねならば」

「ひとつ、呼んでおくれな」

「はあ、およねのやつならば、二階に……。御船蔵《おふなぐら》で働く人足の相手をしておりやすが……いや、それが、どうも……」

どうやら、武蔵屋の女中は、宿屋のおじゃれのようなことをやっているらしい。

船宿での売色は、表向きは御法度《ごはっと》である。だが、夢之介は、そんなことは意に介しない。

「ふうん。お取り込み中ってわけだな。すまんが、そこをなんとか頼むよ」

「へえ、わかりやんした」

音吉は、およねを呼ぶために部屋を出て行った。すぐに、板敷きから二階に掛けられた梯子にトントンと足音が立った。

「杉丸よ、説明いたせ」

兵庫が、腕組みを高くして夢之介に詰め寄った。夢之介は、朱房の十手で盆の窪を叩きながら、おもむろに口を開いた。

「出入りの業者といっても、屋根屋、左官、鳶は家の表が仕事場だ。魚屋、酒屋、米屋、錠前直しは玄関先で用をすませ、鋳鉄師、竈塗りは土間で仕事をする。主人の居室まで入って来るのは表替えの畳屋、廻り髪結い、町医、出稽古の師匠、按摩《あんま》などで、目開きの按摩というやつには曲者《くせもの》が多い。馴染みの駕籠屋は、酔っ払った客を家へ送ったついでに、寝屋へ担ぎ込むのを手伝ったりする。鏡磨きや貸し歩きの貸本屋も、とくに女主人とはねんごろになり、居間で茶菓《ちゃか》などをふるまわれたりもする。浜夕もおことも女であるによって、鏡磨きと貸本屋を見逃す手はなかった」

「うむ。大谷屋吉兵衛の妾宅と武蔵屋に共通して出入りする畳屋は、本店は神田にして、昨年より深川今川町に出店を構えたる由。浜夕とおことの双方を得意先にした貸本屋、廻り髪結いも、ちょうど昨年からの出入りにござった。しかれども、畳屋は歳末の畳替え以外ではどちらにも出入りがなく、貸し歩きの貸本屋は、昨年十一月には妾宅への出入りはなかった」

「さいな。大谷屋吉兵衛が萌黄羅紗の冬羽織を仕立てたのが昨年の十一月頭で、吉兵衛が妾宅で殺されて冬羽織が盗まれたのが十一月二十日。つまり、出入りの畳屋と貸本屋には、くだんの妾宅で金十五両相当の冬羽織が次の間の衣桁に掛けられた姿を目にする機会はまったくなかったたってえことだ」

「廻り髪結いは、ちょうど昨年の秋から、大谷屋吉兵衛の妾宅と船宿武蔵屋に出入りを始めた。以前、双方に出入りしていた女髪結いが、煮売屋に商売替えした際に紹介していった後釜《あとがま》であるとな。これは当たりが来たと思うたが、いかんせん、後釜の女髪結いは六十の婆さんにござった。五十七歳の隠居と四十一歳の女将を縊り殺すのは、さすがに六十の婆さんの手にはあまろう」

「だがね、おれたちが、うっかり見落としていたものがある。そいつは、経師屋だよ」

夢之介は、華奢な白い顎で傍らの明かり障子を示した。

「や、それは不覚」

兵庫は、腕組みをしたまま、目だけを動かして明かり障子と簞笥の頭を見くらべた。

「いかさま、この障子を貼り替えておれば、いやでも簞笥の上に乗った家宝は目に入ろう」

「今朝方、おれは、森田屋市左衛門の骸が横たわる部屋の明かり障子が真新しいことに気づいた。それが妙に気にかかったもんで、こいつはどういうことかと我ながら不思議がっているうちに、はたと思い当たったのさ。ああ、そういえば、大谷屋吉兵衛の骸が転がっていた妾宅の次の間も、明かり障子は貼り替えたばかりだったなと」

「よくも、そのようなことを思い出したものでござるな」

長い顔に嵌《はま》った目をすがめる兵庫に、夢之介は、にっと白い歯を向けた。

「賊の侵入口となった明かり障子を、おれは、幾度も開けたり閉てたりしたもんだ。そのとき、乾いていない糊の匂いがしたのさ。よくこなれた女陰のような、あの匂いだよ。そんなことはすっぱり忘れていたんだが、今朝方、森田屋でまっさらな紙障子を眺めているうちに、深川永堀町の妾宅で嗅いだ紙障子の糊の匂いが、ふっと思い出されたってえわけだ」

話に熱が入ってきたせいで、二人の同心は、音吉に連れて来られたおよねが後ろに立っていることに気づかなかった。

「もうし、旦那がた」

ようやく、音吉が声をかけて二人を振り向かせた。

音吉の背中に隠れて顔をうつむけているおよねは、痩せた小柄な女だった。しきりに小袖《こそで》の襟を合わせたり、島田の髪に手をやったりしているのは、二階で荒仕事をしていたことへの後ろめたさからだろう。

「およねさん、邪魔をしてすまないね」

夢之介の優しい声音に、武蔵屋の女中は、心持ち安心したふうに顔をもたげた。八丁堀の旦那に、売色のことを咎《とが》められるとでも思ったのかもしれない。見たところ三十年配の、目が細く頬骨の張った、地味を絵に描いたような女である。

「さっそくだが、この障子を貼り替えたのはいつだか分かるかい？」

およねは、首をひょいと前に突き出して、何のことかという様子で薄い眉をひそめた。

「心配いらないよ、お答えしんさい」

音吉にうながされ、およねは、眉を開いて小さくうなずいた。

「確か、去年の十二月八日ごろだったと思いますがな」

なかなか、しっかりとした声だった。女主人の縊殺死体を見たあと、気丈に対応した女だけのことはある。

「すると、おかみさんが殺された七日ほど前ということになるね」

「へえ、そうでございますな」

夢之介は、空咳を吐いて逸《はや》る心を抑えた。

「で、そのときに障子を貼り替えた経師屋は、どちらなんだい？」

「へえ、それは、松井町の細木屋さんですがな」

「したり！」

「したりとは、いかなことぞ」

兵庫が、ぐっと腰を屈めて、額越しに夢之介を睨みつける。

「今日から十一日前の十四日年越しの日に、森田屋市左衛門の居室の障子を貼り替えた経師屋も、なんと細木屋なのさ」

柊夢之介の白面に、薄く血の色が上っていた。

（五）

勝蔵が半時（一時間）もむっつり押し黙ったままなので、お虎は、しょうことなく自惚《うぬぼ》れ鏡を覗いて髪に手をやった。だが、じっと見つめているのは、当世《とうせい》めいた櫛巻《くしま》きの髪ではなく、鏡に映った自分の目である。

おめえの目は、地獄に通じる井戸みたようだぜ、と勝蔵が言ったのは、三度目に妓楼を訪れてお虎の馴染《なじみ》になった時だった。だから、おれは、おめえの目を見ていると安心するんだ。その奇怪な殺し文句に、お虎は、ぞっと背が震えるのを覚えた。その震えは、体の奥処《おくか》に生じた恍惚からきていた。げんに、お虎の股間から雫《しずく》が垂れていた。

そんなことを言われて股間を濡らすような女は、いかさま地獄のような女であろうと、お虎は奇妙に満足した。そうさ、わっちゃ、隅田川に馴れた鰻《うなぎ》みたように地獄に馴れているんさ。

気づくと、青二才の半人足《はんにんそく》としか思っていなかった勝蔵を見る目が、くるりと変わっていた。目鼻立ちに幼さを残した顔にひねくれた表情をこびりつかせた十七歳の見習い職人が、にわかに、この世で最も隔てのない男に感じられた。それからというもの、お虎は、二ヶ月前から辰巳《たつみ》の里に姿を見せるようになった勝蔵を、十年越しの馴染みを迎えるかのように手厚くもてなしてきた。

化粧道具を入れた小箱に自惚れ鏡をしまうと、お虎は、両膝に手を乗せて凝然《ぎようぜん》と黙している勝蔵に向きなおった。丹後《たんご》縮緬《ちりめん》の留袖《とめそで》の袖をからげ、膳に乗った小半入を手に取って、はんなりと酌の仕草をする。

「もし、おひとつおあがんなせえす。長いこと放っておかれたによって、燗酒《かんざけ》が燗冷《かんざ》ましになってしまったよ。わっちの体も、おめえはんが揺すりも擦りもしねえもんだから、燗冷ましみたようなあんべえさ」

勝蔵は、右手だけを動かして盃を取り、口を閉ざしたまま酌を受けた。

「せっかく、おめえはんの好きな鮪《まぐろ》の雉《きじ》焼きを注文したに、ちいとも箸をつけとらんで。じれってえね、ぜんたい、どうしなすった」

盃をなめながら、勝蔵は、ゆっくりと目を上げてお虎を見た。いつもは鬱然《うつぜん》とした翳《かげ》りを帯びている目が、妙に安らかに澄んでいる。それが、お虎には、しごく異様なものに思えた。

隣の部屋からは三味線の音が聞こえ、障子窓の外には、小舟が掘割の水を切る音が聞こえる。どこかの屋根では、盛りがついた猫が狂おしい鳴き声を上げていた。

「お稲荷様へ御籠《おこも》りしてるような神妙な顔をしてさ、まったく気が知れねえ。ひょっとして、やさしい親方と何かあったのかえ」

勝蔵が、はじめて親方の話をしたのも、やはり三度目にお虎を揚げた時だった。

おれは、十四のときに二親《ふたおや》をなくしたんだ。そのあと、奉公先をいくつもしくじってな。いよいよ、御薦《おこも》になるか両国橋から身を投げるかしかねえっていうときに、おとっつあんの知り合いだった経師屋の親方に拾われたのさ。地獄に仏ってえやつだが、ほんのこったが、親方の銀介さんは仏みたように親切なお人さ。銀介さんのおかみさんも、まったくの仏様だ。それが、どうもいけねえ。おれは、人の世が地獄だってえことを知っちまったもんだから、仏様に囲まれて生きるってえのは、どうも尻の座りが悪くってな。そうさな、むじなに化かされている気分というか、地獄の閻魔《えんま》様にお恐《こわ》にかけられている気分というか……。そこへいくと、おめえの目は、ずいぶん暗く光っているな。底無しに暗い光だ。まるで、地獄に通じる井戸みたようだぜ。だから、おれは、おめえの目を見ていると安心するんだ。

そんなまがまがしいことを言う勝蔵だったが、根から陰気な若者というわけではなかった。いつも暗くゆがんだ表情をまとっている勝蔵も、ときにはあどけない笑顔を見せることもあり、ときには好きな草双紙《くさぞうし》について熱っぽく談ずることもあった。

ともかく、お虎は、だんまりを決め込む勝蔵などは見たことがない。

「もうし、親方の銀介はんと、何かあったのかえ」

そう訊くのは、親方のことを持ち出して水を向ければ、勝蔵が何か口をきいてくれると思ったからだ。

「うんにゃ、なんにもねえ」

ようやっと、勝蔵の口から言葉が洩れた。

「お虎よ、今日は、ひとつ聞いてもらいてえ」

勝蔵は、そろえた膝に両手を置いて形をあらためた。お虎の顔に据えた目が、生死の海の向こう岸を眺めるかのように虚ろに澄んでいる。

「よしなせえな、そんなにあらたまって。悪洒落《わるじやれ》をしなせえすな」

お虎は、妙な心地の悪さを振り払おうとして、勝蔵をあやすように笑んだ。だが、勝蔵は眉ひとつ動かさない。

「おれは、十四のときにおとっつぁんが病気で死に、それを追うように、おかっつぁんが看病疲れで死んだと話したっけな」

虚ろに澄んだ目を宙に投げて、問わず語りに語り始めた。

「ほんとうは、そうじゃねえんだ。おとっつぁんは、おかっつぁんに縊り殺され、おかっつぁんは、小塚原《こづかつぱら》の刑場で磔《はりつけ》にされたんだよ」

お虎が、えっ、と声を上げたのには構わず、勝蔵は、静かな口振りで語り続ける。

「おとっつぁんは六間堀町の宮大工《みやだいく》で、てめえの仕事に死ぬほど惚れ込んでいた。鑿《のみ》と鉋《かんな》さえ持ってりゃ、素っ裸だってかまやしねえってくらいに宮大工の仕事に誇りを持っていたんだ。そのおとっつぁんは、寺のお堂からまっさかさまに落ちて、こっぴどく腰をやられちまった。ひどい風が吹く日だってえのに、そんなものがどうしたと、意地を張って堂の上へあがったのがいけなかったんさ。そんで、おとっつぁんは全身が動かなくなって寝たきりになり、ろくに口もきけねえようになっちまった。おかっつぁんは内証《ないしょう》をささえるために針仕事を始めた。八つだったおれは、遠戚に当たる日本橋の紙問屋へ奉公に出されたさ……。でもな、おかっつぁんは、愚痴ひとつ言わなかった。おれが宿下《やどさ》がりで帰れば、なけなしの金をはたいて白米《しろごめ》を炊いてくれた。そんときは、おとっつぁんを蒲団から抱き起こして、炊いた白米を噛んで柔らかくしてから、おとっつぁんの口に運んでやったもんだよ。そうしながら、おかっつぁんは、日に照らされた雲みたいに笑っていたっけ。おれは、おかっつぁんの笑顔のおかげで、これっぽっちも不幸なんて感じなかった。したが……」

勝蔵は、宙に投げた目をお虎の顔へ戻した。

「あれは、おとっつぁんがいけなくなっちまってから六年が経った、蚊帳《かや》売りや簾《すだれ》売りが担ぎ売りを始めたころだった。おれは、奉公先で集金をまかされるようになっていて、両国橋を渡って本所の旗本屋敷へ出かけて行った。奉公先の旦那が、ついでにおとっつぁんを見舞ってくるがいいよ、と言ってくれたもんで、深川六間堀町の三平店《さんぺいだな》ってえ長屋にある実家へ寄ったんさ。雲のひとつくらい筆で描いてやりたくなるような、いやになるほど青い空が広がっていたっけな。して、おれが家の障子戸を開けると、おかっつぁんが、赤い紐をおとっつぁんの首にかけているところへ出くわしたんさ」

お、おめえはん、見たんだね、というお虎の驚きの声で、勝蔵は、ふと語り止めた。だが、それは、まじろぎもしなかった勝蔵が、一つ大きな瞬きをする間だけだった。

「赤い紐は、おかっつぁんが針仕事をするときに掛けている襷《たすき》だった。おかっつぁんは、おれが三和土に立っていることに気づかないらしく、おとっつぁんの首を絞めるのを止めなかった。ますます強く、おとっつぁんの首にかけた紐を絞めていった。うっとりと目を細め、口をほころばせた顔でな。おかっつぁんは、虚《こ》仮《け》みたようにうっすら笑っていたんだ。おれは、その様子が恐ろしくて、おかっつぁんを止めることもできず、声を出すこともできなかった」

小揺るぎもせずに聞いているお虎の片方の目から、涙の雫がこぼれて頰を滴った。

「これが、ほんとうのことさ。おれが日本橋の紙問屋をおん出されたのは、仕事でへまをやったからじゃねえ。人殺しの子を奉公させては店の信用にかかわるってんで、おっぽり出されたんさ。そのあと、三平店の差配《さはい》が、いろいろとツテをたどって、べつの奉公先を探してくれた。おれのおかっつぁんが、おとっつぁんを殺したってえことを内緒にしてな。したが、人殺しの子という素性なんてえのはすぐにバレちまうもんで、神田の左官からも千住《せんじゅ》の伝馬《てんま》問屋《とんや》からも、おんなじようにおっぽり出された。人の世は、おれにとって、地獄の針の山だったよ。けどな、おれが見たほんとうの地獄は、おかっつぁんが、うっとりと笑みながらおとっつぁんを縊り殺したことだったんさ」

そこで深く吐息をつくと、勝蔵は、お虎の顔を食い入るように見つめた。

「おめえ、おれのために泣いてくれるんかい」

お虎は、声を出さずに泣いていた。見開いた目から涙の筋がいくつも頬をつたって、白い顎から雫がこぼれている。

「おめえはんのためと、わっちのためでごぜえす。この岡場所《おかばしょ》へ十一で奉公に出されてから、泣いたことなぞ、ついぞねえ。けど、おめえはんもわっちも鬼の親を持つ身なんだと思えたら、つい二人のために泣けてしまいんした」

「そうかい……だが、もう泣くのをやめてくんねえな。おれの地獄は終わったによって」

お虎は、人差し指の先で静かに目をぬぐい、鼻をすすって声の詰まりを払った。

「無理をして、そんなことを言っておくんなせえすな。そんなひどい地獄が、どうしたって終わるものか」

勝蔵は、やおら小袖の袂に手を入れて紺色の袱紗包《ふくさづつみ》を取り出し、ていねいに畳の上に置いた。

「この中に、三十五両入っている。おれの持ち金のありっきりだ。どうか、これをおさめてくんねえ」

妙にさっぱりとした表情を浮かべて、袱紗包をお虎の膝のほうへ滑らせた。

「おめえはん、そないな金をどこで」

「まあ、待ちねえ」

声を尖らせるお虎を制して、勝蔵は、この日はじめての笑いを見せた。どこか大人びた、賢《さか》しげな笑みである。

「おめえにしたい話は、まだあるんだよ。ちょっこら静かにして、聞いてくんねえな」

（六）

浜夕は、板敷きの上がり端に突っ立って、二人の同心を冷然と見すえた。白粉《おしろい》と紅《べに》で盛んに作り成した大年増の顔が、玄関口から差す西日に赤く映えて、妖怪めいたあんばいになっている。

柊夢之介が、傍らに高々と立っている尾形兵庫を掌で示した。

「こちらは、同心の尾形兵庫どのだ。おれは、知ってのとおり北町奉行所の者だが、こちらは南町奉行所のお方でね」

傲然《ごうぜん》と長い顎を反らせたままの兵庫にすげない一瞥をくれて、元花魁の浜夕は、いかにもふてぶてしい様子で体をななめに構えた。

「北と南がそろってお出ましとは、ごうてきにおざんすなあ。けど、わたくしは、さる旗本の奥方のところへ三味線の出稽古《でげいこ》に行くところですえ。旦那はんが死んでしまいんしたによって、自分の腕で口を糊《のり》せねばなりんせんからの」

「まあまあ、手間は取らせぬほどに、ちくと相手をしておくれな」

こういう時は、夢之介の優しい笑顔に及ぶものはない。二人の同心を睨む浜夕の横目に、ふと艶《えん》な笑みが浮かんだ。

「ほんに、ちくとですえ。約束をたがえて長居をしなはると、ちくっとつねりますぞえ」

華奢な同心と大男の同心は、浜夕に案内されて次の間に通された。

「この衣桁に、くだんの冬羽織が掛けられていた、ってえわけだ」

今は浜夕の木綿襦袢《もめんじゆばん》が掛けてある衣桁を、夢之介が十手の先で示した。兵庫は、素早く裏口の明かり障子と衣桁に目を配って、その目をぴたりと浜夕に据えた。

「そのほう、この家に賊が押し入る数日前、そこの障子を貼り替えた覚えはござらぬか」

「はあ、替えんしたえ」

浜夕は、指先で島田の髪を整えながら、いぶかしげに細かく瞬きをした。

兵庫と夢之介は、申し合わせたように顔を見交わし、黙然とうなずき合った。

「それは、何日前にござるか」

「はあ、四、五日前でおざんしたの。知らぬ間に入り込んでいた野良猫が悪さをして、ごうぎと破いてしまいんしたんでな」

「では、訊ねる。障子が貼り替えられたその日、旦那はここへ来ておったのか」

「あい、来ておざんしたえ。うちに出入りする経師屋は、大谷屋さんの古馴染ですによって。うちの障子の貼り替えは、いつも旦那はんが仕切っておりんした。それに、経師屋の親方は、旦那はんの狂歌の相弟子ですによって。旦那はんにとっちゃ、障子の貼り替えより狂歌談義ってえことですわいの」

「すると、それなる経師屋が障子を貼り替えておる間、この衣桁には萌黄羅紗の冬羽織が掛けられていたのでござるな」

「どころか、旦那はんは、その冬羽織を歌題にした一首を、親方に披露しなすっておりんしたえ。江戸者は　袷《あわせ》を曲げて鰹買い　羽織を曲げて花魁揚げる……あだあほうらしい歌じゃ。中で花魁を揚げれば、幇間《ほうかん》、遣手《やりて》への心付け、番頭新造やら牛太郎《ぎゅうたろう》やらへの総花《そうばな》で十両、十五両はかかりんす。けれど、羅紗の羽織を質に入れれば、さっそく中で花魁を揚げられる、ってえな。なんのこたぁない、新しく仕立てた羅紗羽織の自慢ですわいの」

「畢竟《ひっきょう》、吉兵衛は、それなる戯歌《ざれうた》を、声高く朗吟《ろうぎん》したということにござるな」

「あいさ、そうですえ……なんです、このお方は、鉄砲玉みたようにポンポンと。前世は、お武家様じゃのうて、鉄砲鍛冶《てっぽうかじ》さんでおざんすかの」

「こりゃ、妾風情が、慮外《りょがい》にござろう」

兵庫が、馬面に似つかわしい馬並みの歯を剥いて吠えた。

「いやさ、人の家に強引に上がり込みくさって、妾風情と言いくさりなんすか」

負けずに、浜夕も、持ち前の低い声で凄みをきかせた。

「おまえさんが妾風情ならば、こっとらは、しがねえ木端《こつぱ》役人よ。島田《しまだ》と本多《ほんだ》、草履《ぞうり》と雪駄《せった》のおっつかっつさ」

夢之介が、江戸前の名調子で浜夕をなだめた。

「ところで……その経師屋は、どちらさんなんだい？」

面を被るように白粉を塗った浜夕の顔に、さっと尖った表情が浮いた。

「なんですの、旦那方は、細木屋の親方を疑いなはるのかえ？　そりゃ、べらぼうにべらぼうでおざんすの。表具《ひようぐ》の腕は隅田川の東で一番という評判を取り、深川洲崎の升屋、向島の大七、木母寺《もくぼじ》なんぞにも出入りする細木屋の親方が、なんでまた、十両か十五両の冬羽織ほしさに得意先へ押込みをして、ついでに古馴染の旦那まで殺さけりゃならんのですえ？　そないなことを素面《すめん》で考えるたぁ、あきれがトンボ返りをしなんすわいな」

「なに……いま細木屋と申したか」

兵庫が、両の眸《ひとみ》を鼻柱に寄せて浜夕を睨んだ。

「あいさ、申しなんした」

浜夕は、あほうらしい、とつぶやいて顔を横に向けた。

いっぽう、夢之介は、三つの強盗殺人事件が細木屋でつながったことにより、かえって張り詰めた心地になっていた。獲物の足跡を見出した猟師の心境である。

「いやなに、浜夕さん、こっとらは、細木屋の親方を疑っているわけじゃねえんだ。そのとき、障子の貼り替えをしたのは、親方一人ではなかったろう」

「そりゃ、あたりまえじゃあおっせんか。表具師《ひょうぐし》の親方は、お弟子を連れて仕事に出るのが相場ですえ。細木屋の親方も、二人のお弟子を連れておりましたの」

「二人の名前は、覚えとるかい」

「一人は政、もう一人は勝と呼ばれておざんしたの」

「へえ、よく覚えているな。てえしたもんだよ」

「わたくしは、花魁あがりですによって。あれさ、男はんの名前を忘れたり呼びまちがったりするような女子は、花魁にはなれやしませんのですえ」

浜夕は、三十女にしては滑らかな喉を見せて、ホホホとあでやかに笑った。

「ところで、おまえさんが大谷屋吉兵衛に請け出されたのは、確か八年前の年明けだったな。だったら、細木屋の出入りは何度かあったはずだが、その政と勝は、いつも見る顔だったのかい？」

「うんにえ、勝と呼ばれていたお弟子は、はじめて見る顔でおざんしたの。親方と政にいろいろと言い付けられて、へいへいと返事をしとりましたから、細木屋へ奉公したての新米なんでおざんしょうな」

「それだ、その勝だ」

兵庫が張り上げた太い声に、浜夕は、雷鳴でも聞いたように肩を縮めた。

「あわてるない。そう決めつけるのは、まだ早いぜ」

その言葉とは裏腹に、夢之介の顔には、してやったりという笑みが浮かんでいた。

（七）

両国橋の東詰は、西詰の両国広小路を凌ぐほど繁華な一角である。川べりには涼をとる縁台が並び、広場には蕎麦屋、鮨屋の葦簀《よしず》張り、飴屋、提灯屋、荒物屋の屋台、店先に樽を積み上げた酒屋などがひしめいている。軽業や吹矢の小屋掛けもあり、「さ、いらはい。さ、いらはい」という呼込みの声が、ひっきりなしに聞こえる。

申《さる》の下刻（午後五時ごろ）である。夏の三ヶ月以外は、日暮れとともに店じまいをする決まりになっているが、春の夕空には澄んだ藍色が消えやらず、そよ吹く風も昼のようにぬくい。そのせいであろう、両国橋東詰の盛り場には、夜が来ることをすっぱりと忘れたような浮かれ気分が満ちていた。

岡っ引きの蔵六が営む尾上町の慳貪屋は、両国橋の東詰に表口を向けるかっこうになっている。この慳貪屋の床几《しょうぎ》に陣取った夢之介と兵庫は、暮れ方の両国橋東詰に生まれた酔夢のような賑《にぎ》わいに包み込まれていた。

二人を出迎えたのは、蔵六の女房お松だった。蔵六は、どこかで聞き込みを続けているらしく、まだ帰っていなかった。二人の目当ては、慳貪屋の酒と煮染ではなく亭主の蔵六であった。だが、太っちょの四十女にしては笑窪《えくぼ》が愛らしいお松に、「すんなら、何か召し上がって、お待ちなせえな」と勧められ、空きっ腹を満たすついでに一本つけることになったのである。

細木屋の所在は、深川の北辺に当たる松井町の一丁目であった。永堀町の妾宅を出た二人の同心は、仙台堀沿いに西へ行き、上ノ橋を渡って隅田川沿いに北上。小名木川《おなぎがわ》に架かる万年橋を渡るなり右手へ折れ、六間堀沿いに八町ばかり北へ進む道筋を踏んだ。

深川洲崎や向島の老舗料理茶屋にも出入りしているという細木屋は、竪川《たてかわ》の堀端に並ぶ材木置き場の間に埋もれるようにして建っていた。だが、表口には板戸が閉て切られており、戸の奥もしんと静まっている。柊夢之介と尾形兵庫は、黙然と顔を見合わせた。すると、隣の材木問屋から、袢纏股引《はんてんももひき》の職人たちが、一日の仕事を終えた様子でぞろぞろと出て来た。その一人に聞けば、細木屋の親方はとんだ祭り好きで、本日は、一家で湯島の初天神に出かけるため早々に店仕舞いしたとのこと。

徒弟人はどうしたって？　ああ、政吉と勝蔵のことですかい。あの兄さんたちは通いだから、ここに住んじゃあいませんよ。どっちみち、こんな狭っこい店に住込みはできませんやな。勝蔵がどこに住んでるかって？　確か、亀沢町の裏店《うらだな》にでござんしたね。え、なんという裏店かって？　あっしは、お釈迦様でも易者でも町代《ちょうだい》でもねえんで、そこまではご存知ありませんや。

「勝蔵は、思わぬ半休をもらえたってんで、どこかで思いっきり羽を伸ばしているにちがいねえ。まだ、家に帰ってはおるめえよ」

夢之介は、燗酒《かんざけ》を注いだ盃をなめながら空を眺めた。澄んだ藍色が消え残る空には、砥《と》いだような細い月が薄白く浮かんでいた。

「それはそうと、本日は、無断で出仕を怠っちまった。こりゃ、支配の田原様に大目玉を食うぜ」

夢之介が任ずる定廻りは同心専門の分担であって、その職掌における直属の与《よ》力《りき》はいない。名目上は、町奉行の直属である。とはいえ、定廻りが、奉行所の現場を取り仕切る与力の指揮下に服さないというわけではない。奉行所では、与力の役階は支配、支配並、本勤《ほんづとめ》、本勤並、見習、無足《むそく》見習の六段に分かれる。その最上位の支配に任ずる田原権左《たわらごんざ》は、吟味方《ぎんみかた》と市中取締掛を兼任している。市中の巡察と捕物《とりもの》を専務とする定廻りが、罪人の吟味と市中取締りを兼ねる与力と関わりを持たぬはずはない。そうした関係上、夢之介は、支配の田原を事実上の上役に仰ぐかっこうになっているのだ。

「まったく、出世ができねえわけさ」

　夢之介は、掌で盆の窪をヒタヒタと叩きながら、片頬に苦い笑いを浮かべた。

　といっても、田原権左は、夢之介が一連の凶悪事件に関する調べを大きく進展させたことを知れば、その叱責を型通りのもので終わらせるだろう。いつも冷ややかな仏頂面《ぶっちょうづら》をしている田原は、その顔に似合わず、尻の穴が狭い男ではない。

「本日は、南の番所へ顔を出したではないか。北も南も、月番交替になっているだけで、同じ江戸の町奉行所にござろう」

　兵庫が、壁のような肩を揺すって笑った。昼前から何も食べていないだけあって、さすがの飲兵衛《のんべえ》も、盃を運ぶ手よりは箸を運ぶ手のほうがいそがしい。しきりに野菜の煮染を突いている。

「三件の強盗殺人の咎人は、細木屋の勝蔵で決まり……」

芋が胸につかえた兵庫が、その胸を拳で叩いた時、西から両国橋を渡って来た蔵六が、ひょこひょこと二人の居る床几に走り寄った。

「これは、御両所《ごりょうしょ》、おそろいで」

ふさふさした白髪頭の蔵六は、膝に手を当てて軽く頭を下げた。岡っ引きが同心に挨拶しているというよりは、慳貪屋の亭主がお客に挨拶をしている風情である。

「おう、蔵六よ。待ちかねたぞ。深川の一帯に出没した凶賊の捕物は、いよいよ最後の詰めに入ってござる」

昂然《こうぜん》として言い放つ兵庫に、蔵六は、ほうっ、と感嘆の声を洩らした。

「するってえと、ごっぽう人のはっつけ野郎の尻尾をつかんだってえことですかい」

「尻尾をつかむところまではいかないが、足跡は見つけたぜ。足跡を残したのは、松井町の細木屋に奉公する勝蔵という徒弟だ」

夢之介が、得意そうに口角《こうかく》を上げて笑んだ。

「へっ、松井町の細木屋……灯台下暗《とうだいもとくら》したぁ、このことだね」

松井町は、この慳貪屋からすれば、南へ一町半下って一ツ目橋を渡り、竪川沿いに東へ二町行ったところになる。蔵六にとっては、まさしく灯台下暗しといったものであろう。

「ついては、すぐにも、おまえさんの下っ引きを動かしてくんな。今夜から、細木屋の奉公人、勝蔵のねぐらに張り付かなくちゃあならねえ」

「野郎は、細木屋の住込みでごぜえすね」

「いや、通いだ。本日、細木屋が仕事を半休にして湯島の初天神へ出かけたってんで、野郎は、どこかで遊びほうけてやがるのさ」

「で、野郎のねぐらは?」

「亀沢町の裏店。そこまでしか、分からねえんだが」

「いや、そこまで分かってりゃ、御の字でさ。ところで、野郎が夜遊びからけえって来たら、縄を打っちまってもよろしいんで」

「おう、そうしてくんな。たとえ神妙な振りをしても、きちっと縄を掛けて自身番屋へしょびくんだ。万が一、野郎に逃げられでもしたら、この柊夢之介が、てめえを縊り殺さにゃならねえ」

　そもそも、廻り方の同心が、みずから捕縛に出向くことはめったにない。手下の岡っ引きを動かして縄を打たせるのが、江戸の廻り方同心の作法である。

「心得田圃《こころえたんぼ》。さっそく、さし売りの猪助と紙くず屋の新八を呼んできまさ」

　蔵六は、本所深川を草の根まで知り尽くしている男たちの名を言った。

「その前に、おまえさんも、ちくと一杯やんなよ」

　夢之介が、床几に置いた尻をずらして、席を勧める仕草をした。

「いやあ、旦那。とにもかくにも、ごうぎとめでてえ」

　空いた席に腰を下ろしながら、蔵六は、頭の後ろをせわしく掻いた。

「すんなら、あっしが聞き込んできたことは、やくたいなしだね」

「いったい、何を聞き込んで来たんだい？」

　夢之介は、自分の盃を振って、蔵六に手渡した。

「いやなに、今となっちゃあ、どうでもいいこった。それより、細木屋のことをくわしく聞かせてくんなせえ」

「まずは、おまえさんの話を聞こうじゃないか」

蔵六の盃に注しかけた小半入を宙に止めて、夢之介は、おあずけを食わす仕草をした。

「へっ、しょうことねえ」

蔵六は、盃を差し出したまま顔をしかめた。

「いやね、おみつってえ娘は、つくづく感心な孝行娘ですぜ。なにしろ、市左衛門が寝たきりになったとき、父親の看病をするために稽古事のいっさいを止めたってえんですからね。それから三年というもの、父親のそばを離れるのは、看病を女中に交替して寝るときだけだったなんだそうで」

いったん言葉を切って、蔵六は、宙に止まった小半入を横目で睨んだ。おお、そうか、と夢之介が酒器を傾ける。

「ふうん。それで、おみつは、やはり犯人の背恰好を覚えていなかったかい」

「へえ、まるっきり。いやいやっ、という様子で首を振るばっかりで」

「母親が本所の町医のところへ引っ張って行ったということだが、気の病に罹っている様子はあったかい」

「さあてね。気の病なんてのは、憑《つ》き物みたように目に見えねえ。咳を吐いたり瘡《かさ》ができていたりすりゃ、あっしにも、こいつぁ病気だと分かるんですがね」

くいと盃を干し、蔵六は、口をぬぐって表情をあらためた。

「おみつについてはそんなもんなんですが、じつは、ちょっこら耳寄りな話を聞き付けましてね。おみつに付き添って町医のところへ行っていた後妻のお久、こいつが渋皮《しぶかわ》の剥けた中年増《ちゅうどしま》で、色気がむっと匂うような女なんだが。番頭の話では、お久は、亭主に代わって太物問屋の株仲間の会合に出ているうち、色男を一人こさえたんだと。話の出所は、お久に出入りを止められた仲買人で、当の色男は、日本橋の太物問屋相模屋の若旦那。ってえことですが、番頭のやつは、太物商いを隅から隅まで知っているような顔をして店を取り仕切るお久がいけ好かねえらしく、お久の姦通《かんつう》を寝たきりの旦那に注進するってえ、とんだことをやらかしたんで」

「いかさま、とんだことにござるな。寝たきりの森田屋市左衛門は、凶賊に縊り殺される前に、妻の不貞への怒りで憤死していてもおかしくはなかったの」

兵庫が、蕎麦切りを口へ運ぶ箸を止めて言った。やたらと長い顔が、しまりなくにやついている。女に夫がある場合の不義密通《ふぎみっつう》は、男女ともに死罪と定められているが、それは表向きの法度であって、町人の間では七両二分の慰謝料で示談にされるものと相場が決まっている。よって、同心は、町人の不義密通は笑って見過ごすのが常である。

「そんなこんなで、あっしは、何かの役に立つかもしれねえと思って、お久と相模屋の若旦那がお忍びで出入りすると噂される柳橋の船宿津村へ裏を取りに行ったしだいでして。あっしが、両国橋の向こうからやって来たのは、そんなわけでさ」

「ふうん。それで、裏は取れたのかい」

夢之介も、兵庫と同じく、小意地の悪い含み笑いを浮かべている。

「へえ。船宿の亭主も女中も、いっかな口を割らなかったが、近所の袋物屋《ふくろもの》でつかめえた女房は、あっさり吐きましたぜ。日本橋の相模屋の若旦那と深川一色町の森田屋のおかみは、月に二度、津村で落ち合うってね。口振りからして、お久の横柄な態度が、よっぽど腹にすえかねているようだったね」

蔵六は、夢之介が注す酒を盃で受けながら、うん、と何かを思い出したような声を出した。

「これにまつわって、もうひとつ滅法界《めっぽうかい》な話がごぜえす。これは森田屋の女中から聞いた話なんだが……寝たきりの旦那は、下の世話をしていた女中のお熊に、満足にきけない口でこう言ったそうですぜ。わしゃあほ、ほろひてくりゃ、てゃれか、わしぁほ、ほろひてくりゃる、もんはほらんのかひ」

「それは、物を申したうちには入らぬの。ムニャムニャとした寝言、呪文……いやいや、ホロホロという雉の鳴き声のようなものにござるな」

兵庫が雑《ま》ぜ返すと、すかさず、夢之介が低くつぶやいた。

「わしを、殺してくれ。誰か、わしを殺してくれる者はおらんのかい……」

兵庫の顔色が、さっと変わった。蔵六は、素早く盃をあおって、顔が胸に埋まるほど深くうなずいた。

「そう、それでさ。市左衛門は何度もそれを言い、お熊は何度も聞きけえした。そうするうち、寝たきりの旦那が言うことを、ようやっと解したんでさ。お熊は、番頭が後妻の姦通を旦那につげ口したことを知っていたもんだから、ああ、旦那がこんなことを言うのは無理もないねえ、と思ったわけでさ」

（八）

柊夢之介が慳貪屋の床几から眺めた薄白い弦月《げんげつ》は、空から藍色の輝きが消え失せるのと引換えに、はっとするほど冴え冴えとした輝きをまとった。その月を、千鳥橋の袂に立って眺めている一人の女があった。深川堀川町と加賀町の間に架かる千鳥橋の辺りは、日暮れとともに人気も明かりもなくなる。まれに提灯をさげて通る人があれば、その明かりが闇の中に狐火のごとく浮かんで揺れる。

亥刻《いのこく》（午後十時ごろ）に千鳥橋の袂で――。そう指定したのは、男のほうだった。わざわざ隅田川から三町ばかり奥まった橋で落ち合うのは、いささか奇妙に思えたが、女は深くは考えなかった。夜の千鳥橋は、人目を忍んで落ち合うにはふさわしい場所ではあったからだ。

女は、十七歳で古物《ふるもの》の行商人に嫁いだ。その連れ合いが、とんだ怠け者であることが運の尽きだった。運が尽きたばかりでなく、雨が降ったといえば行商を休んで酒を食らい、雪が降ったといえば湯屋《ゆや》の二階に入りびたる男に、すっぱり愛想が尽きた。

しかし、運が尽きようが愛想が尽きようが、子供と一緒に死ぬつもりがないならば、のらくら者の亭主に代わって稼がなくてはならない。二人の子供を持つ女が、近所の船宿へ女中奉公に出たのは、そういう虫のように単純な行立《ゆくたて》があってのことだった。当初は乳呑児《ちのみご》をおぶっていたので、船宿での奉公は女中働きに限られた。だが五年もすると、はしなくも春をひさぐ身となった。一家の口を糊するためであったが、船宿の二階での密かな売色が、辛い桎梏《しっこく》よりも淫靡《いんび》な解放を女に感じさせなかったとは言えない。

「おめえは、まったくてえしたモノを持ってやがる。吸うは舐《な》めるは齧《かじ》るはで、こいつぁ二口女かと思うくれえだぜ。こちとら、おめえのモノに病み付きだ」

渡り中間の甚八が、一つ寝の蒲団の中で粘りつくような物言いをした。二人の子をもうけた亭主には「おめえは、まるっきり棒だぜ」と貶《おとし》められていただけに、女は、股の間に二つ目の口を持つという自分が、妙に誇らしく思えたものだ。

女は、天心に掛かる弦月を仰ぎ見た。月を眺めるということは、絶えてひさしくなかった。毎晩の月は言うにおよばず、二十六夜の月、十五夜の月に見とれることさえ、長いこと忘れていた。それほど、今日一日を生き延びることに汲々《きゅうきゅう》としてきたのだろうか。いや、そんなことではなく、女には、天を仰ぐという行為じたいを忌避《きひ》していた向きがある。そうすることによって、やくたいもない神仏から顔をそむけてきたのかもしれない。

今晩、女は、運の尽きた人生と愛想の尽きた亭主を捨て去って、新たな人生を始めるための旅に出る。明日の夜は、阿弥陀仏・観音・勢至《せいし》が姿を現す月の光を遥拝《ようはい》する二十六夜待《にじゅうろくやまち》である。今宵の月はただの月だが、どうせ罰当たりな逐電《ちくてん》をするのだから、そのほうがいい。諸仏諸菩薩が空にいてもらっては、かえって困る。そんなことを考えて、女は、くすりと笑った。

千鳥橋の向こう側に、草履を引きずる音が立った。橋の向こうに現れた黒い影は、せむしのような猫背を描いている。まがうかたなく甚八の影である。女の胸が、痛いほど高鳴った。だが、その影の輪郭が橋の上に彫りあがった時、熱くなった胸に冷たい不安が広がった。甚八は、ぞろっとした着流しで、振り分け荷物を掛けているでもなければ、旅の足ごしらえをしているでもない。

「あんた」

ゆっくりと近づいて来た甚八に、女は尖った声を浴びせた。

「ぜんたい、そのかっこうはどうしたんだい。これから夜鳴蕎麦《よなきそば》でも食いに行くか、ってえかっこうにしか見えないよ」

そう言う女は、腰に打飼《うちがい》を巻き、脚絆《きやはん》と草鞋履《わらじば》きで旅の足ごしらえをしてある。打飼《うちがい》の中には、荒神《こうじん》様の棚に隠しておいた二枚の一分銀が入っている。船宿への六年間の女中奉公で貯めた臍繰金《へそくりがね》である。

「あんまり気を回すねえ」

闇を透かして、甚八が、いつもの野卑な笑いを浮かべているのが分かる。

「こちとらの旅装は、板橋の宿に置いてあるぜ。こけへ来るめえに板橋宿へ出向き、旅籠やら通行手形やらの手配りをしてきたってえ寸法よ」

「ああ、そうなのかい。あたしゃ、てっきり、おちゃらかされているのかと思ったよ」

女が、一変して、少女のように弾んだ声を出した。中山道《なかせんどう》第一の宿である板橋宿は、日本橋から二里十八町。船で隅田川を遡るにしても、そう軽々と行って帰って来られる距離ではない。そのような不審を抱くこともできないほど、女は舞い上がっているようであった。それとも、心の底に浮いた不審を掻き消して、みずから進んで男に騙されるのが女の性《さが》であるとでも言うべきか。

「馬鹿ぁ、言なさんな。それはそうと、先刻、おめえが言っていたことにまちげえはねえのかい。今日の昼過ぎに武蔵屋へやって来た不浄役人は、どうも、おめえのことを疑っている様子だったってえことだが」

「とにもかくにも、今になって、南と北の役人が雁首《がんくび》そろえてやって来るなんて、薄気味悪いじゃないか。それに、北町の柊とかいう不浄役人は、なんだか白狐みたような男でさ、襖の貼り替えがどうだとかトンチキなことをごたつきながら、すべてお見通しっていう顔をしてるのさ。なにせ、わざわざあたしを呼び付けたのが、奇妙《きめう》じゃないか。あたしゃもう、生きた心地がないよ。だから、あんたのところへ飛んで行って、泣きついたんじゃないか」

本日の昼過ぎ。うまく言いつくろって仕事場を脱け出した女は、永代橋を渡って越前松平家の江戸屋敷へ駆けつけ、門番の甚八を近くの火除け地まで引っ張って行って、せわしく哀願したのである。今晩、あたしを連れて逃げておくれ。

「江戸とはおさらばするんだ。もう心配はいらねえ」

甚八は、左手を女の肩に掛けて、やさしく抱き寄せる仕草をした。女は、闇の中でなまめかしく笑みながら甚八の胸に身をあずける。甚八の掌が、ぬるりと、女の右肩から後ろ頸《くび》へ這いのぼった。女の頭が、甚八の胸に強く引き寄せられた。

「あんた、そんなに顔を胸に押しつけたら、息ができやしないよ」

その息苦しさに酔うように、女は陶然《とうぜん》とつぶやく。ああ、あんたの匂いだ。甚八の片方の手が、荒々しい抱擁とはまったく異質の小細工をしていることに、女は気づかない。

「息ができねえって？　そりゃ、けっこうじゃねえか」

ふいに、女の乳房の下を硬い物が突き上げた。それは、楽々と肉を貫いて胸の奥深くへ刺し込まれた。

「あっ……」

女の断末魔の声は、手から物を落としたような何気ない声だった。殺されたことに気づく前に、すみやかに息絶えてしまったという風情である。

第二章

梅に鶯

(一)

その朝、勝蔵は、じつに良い寝覚めをした。つい一昨日までは、毎朝、目が覚めるとともに胃の腑に鉛を流されたような気分に襲われた。また、生きて目覚めやがったぜ。なんで、おれは生きていやがるんだろう。

それにしても、よく眠った。とうに忘れていた安眠ができたわりには、その実感がまったくない。それほど、よく眠ったということなのだろう。

人間というやつは、分からねえ。十七歳の勝蔵は、五十年も生きた人間が吐くような台詞《せりふ》を胸の内につぶやいて、ふんわりと独り笑みを浮かべた。親方が仕事を休んで初天神に出かけるのは毎年のことなので、昨日が半ドンになることは前々から分っていた。そんなわけで、荒稼ぎの時を一昨日の夜に定めたのだ。正月二十五日は、初天神参りの代りに深川仲町の岡場所《おかばしょ》参りをする寸法であった。

ところが、ひょんなことから、勝蔵の人生はとんだ方向へ逸れてしまった。

暁闇である。勝蔵が住む長屋は、一棟の長屋を縦に割った棟割長屋《むねわりながや》なので、風も光も表口からしか入らない。それでも、表口の腰高障子《こしだかしょうじ》に滲む暁闇《ぎょうあん》の光がうっすらと赤みを帯びて、今日も春らしい日和になることを告げていた。

勝蔵は、寝床から跳ね起きると、起き抜けとは思えない軽やかな身ごなしで蒲団を畳んだ。春の早暁の寒さが、心地よく肌を刺す。

「何もかも、今日でしまいさ」

ひとりでに、短い人生を締め括るつぶやきが洩れた。

勝蔵は、自分の母親が、自分の父親を縊《くび》り殺すところを目の当たりにした。

——仏の顔をしたおかっつぁんは、ほんとうは鬼だったんだ。

その思いを脳裏に焼き付けて以来、勝蔵は、人の世は鬼の住まう地獄で、善人や徳人に見える者はそういう面を付けているのだと考えるようになった。おかげで、夫殺しの子と忌《い》まれて最初の奉公先を追い出された時、これが人の世の正体なのだと、かえって悪い夢から覚めた気がした。その後も、三平店《さんぺいだな》の差配《さはい》にあらたな奉公先を世話してもらうたびに夫殺しの子という素性が顕われ、すげなく暇を出されると、奇妙に心が落ち着いた。

いっぽう、細木屋の親方に拾われ、手取り足取り仕事を仕込まれた時は、自分でも頭がおかしくなったのではないかと思われるほど、心が怪しく乱れた。

細木屋の親方、銀介は、宮大工《みやだいく》だった父、松吉と幾度か社殿、堂塔の普請で協同したことがあり、昵懇《じっこん》とは言えないまでも、たがいの仕事を認め合う間柄だった。銀介は、それを忘れずにいて、勝蔵が千住《せんじゅ》の伝馬《てんま》問屋《といや》を追い出されたことを耳にするなり、松吉さんの一人息子なら、おれんとこでめんどうを見てやろうと、どんと胸を叩いたのである。その銀介は、奉公人として雇い入れた勝蔵を本所《ほんじょ》亀沢町の裏店《うらだな》に入居させ、仕事ばかりか住居まであてがってくれた。

「うちは手狭だから、ここにへえってもらうよ。仕事は広げても、てめえの家は広げねえ、客の障子は替えてもてめえの障子は替えねえ、経師屋《きょうじや》の破れ障子ってえのがおれの性分でな。いやなに、ここの店賃《たなちん》は、出世払いでいいのさ」

その優しい心遣いが、勝蔵をひどく不安な心地にさせた。またぞろ、悪い夢がぶり返したのかと思った。かてて加えて、銀介のおかみさんまでもが、勝蔵の好物である昆布の佃煮を入れた握り飯を作ってくれたり、湯帷子《ゆかたびら》や袷《あわせ》を縫ってくれたりするに及んでは、奇怪な不安の病は胸が詰まって苦しくなるまでに高じた。

そうして、細木屋に拾われてから四月《よつき》が過ぎた冬、深川永堀町にある御隠居の妾宅《しょうたく》へ障子の貼り替えに見習いとして付いて行った際、その場に居合わせた隠居が、新しくあつらえた羅紗羽織《らしゃばおり》を自慢する場面に遭った。

その五日後。勝蔵は、何かの暗い力にいざなわれるようにして、深川永堀町の妾宅を再訪した。当日の朝、頭がひどく痛むと仮病を使い、銀介から休みをもらっていた。だが、奇怪な心の病に罹《かか》っていることは本当だった。

この世は地獄だってえのが、本当なんだからな。悪いことの一つでもしなくっちゃあ、生きた心地がしねえ。

裏庭から入ってみると、たまたま、妾宅の裏口には板戸が閉てられていなかった。その裏口から次の間に忍び入ると、五日前とそっくり同じに、そこに置かれた衣桁《いこう》に萌黄羅紗《もえぎらしゃ》の冬羽織が掛けられていた。抜き足で忍び寄り、柿の実でも盗むように軽々と、羽織をつかみ取った。そこで、大きなくさめが出た。すぐに逃げれば、大事はなかった。だが、べらぼうなくさめによって目が醒めたようになり、自分のしていることの恐ろしさを覚えて足がすくんだ。やおら隣室から隠居が現れ、凄まじい悪態を吐き散らしながら、爺さんにしてはやけに強い力で組みかかってきた。

気づくと、袂《たもと》に入れたままになっていた仕事用の襷《たすき》で、爺さんの首を絞めていた。絞めるうち、勝蔵の目交《まなかい》に、おかっつぁんがおとっつぁんを赤い襷で絞め殺す光景がありありと浮かんだ。あたかも、自分がその幻影に嵌《はま》り込んでおかっつぁんに重なり合ったかのように、勝蔵は、ますます強く絞めていった……。

つい一昨日まで、勝蔵は、鬼となってさ迷う母の霊が、自分に乗り移ったのだと思っていた。だが、そうではなかったのだ。

「おれの地獄は終わったんだよ」

勝蔵は、深川仲町のお虎に言ったのと同じ言葉をつぶやいた。

（二）

柊夢之介の報告を聞き終えた支配与力《よりき》の田原権左は、薄い唇の片端をねじ曲げるように下げた。横長の目は、いかにも冷淡そうな半眼になっている。

「すると、細木屋の勝蔵とやらが咎人《とがにん》であるという証拠は、何一つないわけだな」

曲げた唇をほとんど開かず、冷然と言い捨てた。田原のこういう態度は、いつものことである。夢之介は、すっかり馴れっこになっている。

「申されるとおり、証拠はございません。されど、勝蔵に縄を掛けて自身番屋へ引っ立てるについては、何ら足らぬところはございますまい」

北町奉行所の支配与力は、無愛想な半眼のまま夢之介を睨んだ。

「ふうむ。おことにしては、ちと気が早くはないか」

夢之介は、形のいい眉を軽くひそめて、田原に言葉の続きをうながした。

「暗中で鼻をきかせたあとに、朝の光で足跡をじっくりと見定める。それが、おことの信条ではなかったかな」

「はばかりながら、この柊夢之介、細木屋の勝蔵の足跡は、早春の光のなかでじっくりと見定めてございます」

「いかさま、な」

田原の無愛想な半眼に、ちらりと笑いの光が浮かんだ。

先日は無断で出仕《しゅつし》を怠った夢之介は、さすがに本日は朝一番に奉行所へ出仕し、支配与力の田原が現れるのを待って二十五日の調べの一部始終を報告した。田原は、出仕怠慢への叱責をすっぱりと省いて、一言も挟まずに聞き入った。取るに足らぬ報告ならば、聴いたあとで存分に油を絞ってくれよう、という構えだったのだろう。

何にせよ、支配の田原権左には、口を閉ざして目だけを光らせているようなところがある。おのれの器量や勢威を下役に見せつけることに関心を払わず、黙って下役の仕事ぶりを見すえる上役というやつは、本当に怖い。

夢之介が、そんなことをつくづく感じ入っていると、

「はばかりながら、御用談中、お邪魔いたします」

与力の執務部屋の外から、奉行所の小者が声をかけた。

「何用か」

田原が、襖の外へ声を投げた。唇を動かさないので、体から声を発したように見える。

「岡っ引きの蔵六が、火急の事と申して、柊どのへの取り次ぎを願っておりますが」

夢之介は、田原と張り詰めた眼差しを交し合い、

「火急の事とは？」

怪しい胸騒ぎを覚えつつ声を返した。

「はっ、細木屋の勝蔵なる者が、さきほど、亀沢町の自身番屋に出頭したとのことにございます」

「出頭とは、言葉が違っておろう。蔵六が、縄を掛けて引っ立てたのであろう」

「あいや。岡っ引きの蔵六は、勝蔵がみずから自身番屋へ出頭したと、そうはっきり申しておる仕儀《しぎ》にございます」

「みずから出頭しただぁ。そいつぁ、とんだ茶釜じゃあねえか」

場所柄もわきまえず、夢之介は、つい持ち前のべらんめえ調を剝き出していた。


「おい」

しばらく黙念していた夢之介が、やおら傍らを歩く蔵六に声をかけた。後ろに付き従う中間《ちゅうげん》二人が、そろって「へい」と応じた。自分らが呼ばれたと思ったらしい。一人は、御用箱を背負って一本を差し、もう一人は、紺看板梵天帯《こんかんばんぼんてんおび》に股引《ももひき》草鞋《わらじ》のいでたちで木刀一本を差している。そういう風体の中間二人を従えて市中を闊歩《かつぽ》するのが、定廻《じょうまわ》り同心《どうしん》ならではの勇姿である。だが、そのご大層な様子が、夢之介には馬鹿らしく思えてならない。

「おまえたちを呼んじゃあいねえよ」

夢之介は、二人の中間を振り返って苦笑を浮かべた。

「するってえと、あっしを呼ばれたわけで」

自分の顔を指差す蔵六を、夢之介は、ほかに誰がいるんだい、と言って軽く睨んだ。

「さっきから考えているんだが……殺人鬼の勝蔵が、てめえから自身番屋に出頭したってえのは、どうしたって平仄《ひょうそく》が合うめえ」

昨夕、下っ引きの猪助と新八とは、細木屋の見習い職人、勝蔵が本所《ほんじょ》亀沢町の藤兵衛《とうべえ》という棟割長屋に住まっていることを突き止めた。亀沢町の裏店とまで分かっていれば、どこの何という裏店であるかは、町の差配（大家）の溜り場になっている亀沢町自身番で訊ねれば難なく知れるというものだ。あとは、藤兵衛長屋の共同便所から出て来た禿頭の親爺に、こう訊くだけで事足りた。

「こうこう、勝蔵の家がどこだか教えてくんねえ」

銭を指す細縄の押し売りを生業《なりわい》とする猪助が、持ち前の強面《こわもて》でそう訊けば、よもや下っ引きが御用でやって来たようには見えまい。新八にしても、下っ引きが紙くず屋に化けているのではなく、根から葉からの紙くず屋がたまたま下っ引きをやっているのだから、内密の探偵も素のままでいけてしまう。さように、もともと江戸の雑草である下っ引きには、奉行所の下働きをする身分を隠す工夫を要さない、という利点がある。

二人の下っ引きは、藤兵衛長屋の井戸屋形に身を潜めて、勝蔵が帰って来るのを見張った。だが、細木屋の見習い職人は、どこをほっつき歩いているのやら、夜更《ふ》けになっても帰って来ない。そのうち、猪助の腹が鳴り始めた。

「べらんめえ、ごうてきに腹が減ってきやがった。こうなりゃ、元町あたりへひとっぱしりして、夜鷹蕎麦《よたかそば》でも掻《か》っ込むしかあるめえ。こう寒くっちゃ、おたまりがねえから、ついでに一杯ひっかけてくらぁ」

こういう場合、いたって口数の少ない新八ほど、都合のいい相棒はいない。猪助は、新八がむっと押し黙っているのをいいことに、さっさと持ち場を脱け出した。

独り残された新八は、井戸の陰に膝を抱えてうずくまり、冷えた空脛《からずね》をさすりながら見張りを続けた。すると、子《ね》の下刻（午前一時ごろ）、木戸番の拍子木《ひょうしぎ》が鳴

る音が聞こえてきた。江戸の各町の町木戸は、亥刻《いのこく》（午後十時）に閉め切ら
がある。それ以降の通行には潜り戸が使われるのだが、木戸番は、潜《くぐ》り戸を通る者
たびに拍子木を打って警備を引き締める習いになっている。

夜のしじまを際立たせる拍子木の音に耳を澄ましながら、新八は、てっきり猪
助が戻って来たのかと思った。いや、そうでなければ、まずいことになる。だが、
町木戸のほうから藤兵衛長屋へ近づいて来た人影は、新八が身を隠した井戸屋形
の脇を抜けると、溝板を踏む音を立てて長屋の表口へ回り、まさに二人が見張っ
ていた家へ入って行ったのである。

さて、新八は困った。同心から手札をあずかる岡っ引きとは違って、下っ引き
は十手《じって》も鈎縄《かぎなわ》も持っていない。そもそも、下っ引きには、人に縄を掛けることは
許されていないのだ。勝蔵が帰って来たからには、親分の蔵六を呼びに行かなけ
ればならない。しかし、四町ばかり離れた尾上町にいる蔵六を呼びに行っている
間、勝蔵にトンズラを決め込まれでもしたら、えらいことになる。

下っ引きの報酬は、廻り方同心が手下の岡っ引きに与える給金から出る。だが、

給金といっても月にほんの一分二朱なので、下っ引きの報酬は、おのずと心づけ程度のものになる。いわゆる酒手《さかて》というやつだが、猪助にしても新八にしても、その酒手を目当てに下っ引きをやっているわけではない。廻り方同心は、役得としての付け届けを、惜しみなく手下の岡っ引きに分けてやる。それが、世の習いである。いっぽう、岡っ引きに使われる下っ引きにも、付け届けのおこぼれがちょくちょく回ってくる。それもまた世の習いというやつで、下っ引き稼業をやっておれば、庶民には現世ではありつけないような伊丹《いたみ》、池田《いけだ》の下《くだ》り酒、虎屋の饅頭《まんじゅう》、初鰹《はつがつお》などにありつけることさえあるのだ。

こいつぁ、やめられねえぜ。常々そう思っている新八としては、どうしたって、この場でしくじるわけにはいかなかった。とはいえ、相棒の猪助は、夜鳴蕎麦《よなきそば》を搔《か》っ込みに行ったきり、いっこうに帰って来ない。大方、ついでの一杯が本腰を据えた重杯となり、猪助を屋台の前に縛りつけてしまったのだろう。強面のくせに酒に呑まれるたちの猪助が、泥酔して堀端の柳の下にでも転がっているのだとしたら、もはや処置なしである。

ほかにどうしようもなく、新八は、じっと動かずにいた。いったん勝蔵の家から漏れた明かりが消え、勝蔵が寝入ったものと思われたあとも、ひたすら見張りの持ち場に留まり続けた。藤兵衛店《とうべえだな》が、長い棟を縦で割って各戸を背中合わせにした棟割長屋であり、新八の目を盗んで抜け出る裏口がないことがせめてもの幸いであった。

井戸の陰にうずくまったまま、新八は、いつの間にか眠りに落ちた。体の芯に沁みた寒さに揺り起こされ、はっと正体を取り戻した時には、新八を包み込んでいた夜の色が掃われたように薄れていた。長屋のごみためでは、一羽の鳥が黙々と食い物をあさっている。

こいつぁ、ごうぎとだりむくった。新八は、あわてて跳ね起きて、はたはたと草履《ぞうり》を鳴らして長屋の表口へ走って行った。勝蔵の家の表に閉てられた腰高障子に耳を当てると、中から深い寝息の音が聴こえてきた。ほっと安堵《はんど》して、新八は、井戸屋形へ戻った。それから待つこと半時《はんとき》（一時間）、暁の薄闇に朝の光が滲み、長屋のそこかしこで住人の起き出す気配が生まれると、誰よりも早く、勝蔵が表に姿を現した。相変わらず、相棒の猪助は戻っていない。勝蔵は、新八が身をひそめる井戸の脇を抜けて、町木戸のほうへ歩いて行く。新八は、足音を殺して勝蔵のあとをつけた。奉公先の細木屋に入るのを見届けたら、親分の蔵六を呼びに走ればいい。

ところが、勝蔵は、町木戸を抜けて回れ右したところで、ふいに立ち止まった。こいつぁ尾行に勘付かれたかと新八が肝を冷やせば、あろうことか、勝蔵の姿は、木戸番屋の真隣に建つ自身番屋の中へスーッと吸い込まれていったのである。

「おいておくんなせえ」

蔵六が、白い眉を逆立てて言った。

「平仄が合おうが合うめえが、野郎がてめえから自身番屋へ出向いて行ったのは、どうしようもねえ事実でさ。犬が二本脚で立って小便するのをこの目で見た日にゃ、平仄が合わねえからって、こいつぁ嘘だとは言えねえ。それと同じことですぜ」

「いかさま、な」

足早に歩きながら、夢之介は、胸を絞るようにして腕を組み合わせた。一行は、神田の職人町を抜けて、神田川に沿う柳原通りに差しかかったところだ。常盤橋《ときわばし》門内の北町奉行所から本所亀沢町まで徒歩で行くには、北へ向かって神田を抜け、柳原通りを東進して両国橋を渡るのがいい。およそ一里の道程である。半時ばかりを要するが、勝蔵の身柄は自身番屋で押さえられているのだから、早駕籠《はやかご》を駆るまでもない。

「だが、どうしたって腑《ふ》に落ちねえ」

「へっ、またそれですかい」

「三人の人命を奪った凶賊《きょうぞく》が、今日になって突として人が変わり、神妙に自身番屋へ出向いたってえか」

「出来すぎた話だって、言いたいんでやしょう」

「それを言うなら、出来ていなさすぎるのさ。芝居見物が好きなおまえさんに訊くがね、おまえさんの観た芝居のなかに、三人を殺したあとに一転して神妙な心地になり、てめえからお縄にかかりに出向くような悪党が出てきたことがあるか

「うんにえ、出てきやせんな。悪党がそんなこっちゃ、芝居にならねえ」

「だろうよ。話ができていなさすぎるってえのは、そのことさ」

「へへへ。旦那、べらぼうを言っちゃいけねえ。芝居の世界と娑婆《しゃば》世界とじゃ、道理がまったく違うでしょうが」

「そいつは、芝居好きの風上にも置けねえ言い草だな。ぜんたい、芝居ってやつは、まったくの作り事に見えながらも娑婆世界の道理を踏まえているからこそ、大向こうをうならせるんじゃあねえのかい」

いつの間にか、一行は、両国広小路を突っ切って両国橋を渡り始めていた。本日も魂が蕩《とろ》けるほどうららかな日和で、青い空を漂う都鳥《みやこどり》が、切り絵のようにくっきりとした白い輪郭を描いている。夢之介の頭に乱暴な川風が吹きかかり、きれいに撫で付けた鬢《びん》が稲穂のようにそそけ立った。

（三）

両国橋を渡った柊夢之介とその配下は、回向院《えこういん》と大名屋敷に挟まれた往来を四町ばかり東へ進んで、目当ての自身番屋にたどり着いた。江戸の各町に設けられた自身番屋は、いずれも町木戸の両脇に木戸番屋と並んで建っている。往来に面した表口には、腰高油障子を二枚立ててある。

夢之介は、「亀沢町自身番」と書かれた油障子をカラリと開き、勝手を知りつくした様子で断りなしに中へ入った。その後ろに、岡っ引きの蔵六と二人の中間が続いた。

土間に置かれた床几《しょうぎ》に腰掛けて茶を飲んでいた男が、茶碗を持ったまま腰を上げ、のっそりと頭を下げた。禿げ上がった頭頂に豆粒のような髷《まげ》を乗せ、黒ずんだ顔に飛び出しそうな大目玉をぎょろつかせている。紙くず屋の新八である。継ぎだらけの小袖《こそで》にみっしりと毛を生やした空脛という風体《ふうてい》が、この人物の無為自然という様子で、古木に苔《こけ》が生えたように似合っている。

夢之介は、一度、新八に手ずから酒をふるまったことがある。恐ろしく無口に、恐ろしく底無しに飲む男だった。

「ご苦労だったな、新の字」

夢之介が言葉を掛けると、新八は、目顔《めがお》で何かを訴えた。とんだ茶釜でございやす、という言葉が、そこに読めるようだった。

「柊の旦那、お役目ご苦労さまで」

座敷の奥から、丹前《たんぜん》をまとった初老が膝で進んで来て、上がり端《はな》に手をつかえた。書役《かきやく》の惣兵衛である。蝋燭《ろうそく》問屋の二代目を早々と隠居し、亀沢町の書役に余生の楽しみを見出している変わり種だ。定廻り同心は、担当地区の自身番屋を見回って「何事もないか」と声をかけるのが日課になっているので、自然、各自身番屋を仕切る書役とはつうかあの仲になる。

「おう、惣兵衛さん。相変わらず、歳のわりに色艶がいいね」

軽い挨拶を返しながら、夢之介は、首を伸ばして座敷を眺め渡した。町の自衛組織たる自身番は、地主に代わって土地と屋敷を管理する大家によって運営されていることから、自身番屋が大家たちの社交場となることが珍しくない。今は大家たちがたむろする姿は見られないが、真四角に切った小作りな囲炉裏の周囲に碁盤、数冊の読み本、湯呑み茶碗の並んだ盆などが置かれているのは、湯屋《ゆや》の二階さながらの風景である。

その雑然とした、きわめて世俗的な風景の中に、夢之介は、三人を縊り殺した凶賊《きょうぞく》の姿を認めた。数本の鎌槍《かまやり》が掛けられた壁を背にして、うら若い男が一人、首を垂れて座っている。その様子に、夢之介は、言い知れぬ衝撃を受けた。

「あそこにいるのが、細木屋の勝蔵かい」

「へい」

と短く答えた書役も、新八のような当惑顔をしている。

座敷に上がった夢之介は、勝蔵に近づくわずかな間に、おのれが受けた衝撃の正体をおぼろげに解した。そろえた膝に両手を置き、顔をうつむけて座敷の隅に座した若い男から流れてくる空気に、少しもまがまがしい匂いがしないのだ。どころか、そこには、無垢《むく》で慎ましい若者が座っているようでさえある。それが、何かしら神異な空気を生み出しているのだ。

――こやつ、隅田川で水垢離《みずごり》でもして、身も心もさっぱりしちまったんじゃあるめえな。

夢之介は、片手で着物の裾《すそ》をさばいて、さっと若者の前に座した。

「細木屋に奉公する見習い職人、勝蔵だな」

若者は、垂れた首をゆっくりともたげた。まろやかな目鼻立ちの童顔に、犬のように黒目がちの目がきらきらと光っている。なんとも憎さげのない顔である。

「へい、勝蔵でございやす」

「おまえは、何のためにこの番屋に現れたのだ」

「あいや……それはもう、こちらに」

勝蔵は、夢之介の右手後方に座っている書役に顔を向けた。夢之介の背後を、書役の惣兵衛、奉行所の中間二人、岡っ引きの蔵六、下っ引きの新八が作る垣が囲っている。

「馬鹿野郎。そいつを、もう一度、おれに言うんだ」

自身番屋は、定廻り同心が咎人《とがにん》を喚問《かんもん》する場、あるいは、お縄にされて引っ立てられた咎人を糾問《きゆうもん》する場になっている。ゆえに、下調べ所とも呼ばれる。

「へい」

目元と口元にあどけなさを残す若者は、幼童のようにこくりとうなずいた。

「おとついの晩、深川一色町の森田屋宅へ押し入り、病気で寝ている旦那を縊り殺して、踏込床《ふみこみどこ》の掛け軸を盗みやした。昨年の十一月、深川永堀町で大谷屋の御隠居を殺し、羅紗の羽織を盗んだのも、あっしでございやす」

夢之介は、妙だな、と胸の内につぶやいた。大谷屋と森田屋の間に挟まれた船《ふな》宿《やど》武蔵屋が、すっぽりと抜けているじゃあねえか。

脳裏をかすめた疑念をさて置いて、こう問い質した。

「おまえは、それなる押込みを働くについては、わざわざ足袋《たび》を脱いで家の中へ侵入したようだが。あれは、いったい何の真似だ」

「へえ、あっしは、表具屋《ひようぐや》の身習いなもんですから。それで、つい、よそ様の家へあがるときは……」

「いかさま、な」

夢之介は、おのれの推量が正しかったことに、心密かに満足した。

「と申して、こちらが合点するとは思うまい。おまえは、表具屋の見習いなぞではなく、盗人《ぬすっと》の人殺しであろう」

「へえ、お言葉のとおり、あっしは、お天道様《てんとう》を拝めば両目がつぶれるような恐ろしい悪事を働いたごっぽう人でごぜえやす」

「恐ろしい悪事を働いたごっぽう人が、なにゆえ、みずから自身番屋に出頭する気になったのだ」

「へえ……てめえのしたことが恐ろしくなって改心した、ってえことではいけませんでしょうか」

なんだ、それをおれに訊くのかい、と夢之介は小さくつぶやいた。とんだ唐変《とうへん》木《ぼく》に肩透かしを食わされた気分だが、相手の若造は、いたって健気《けなげ》な顔をしている。

おかしな野郎だ。夢之介は、片頬に苦笑を浮かべた。

「ところで……おまえが寝たきりの森田屋市左衛門を襷で縊り殺したとき、その場には、市左衛門の娘おみつが居合わせたであろう。どうしてまた、その娘には手をかけなかったのだ。おまえは、頬冠《ほおかぶ》りをして押し入ったほどに、面が割れる気づかいはなかった。だというに、捨て置いてもいっこうに差しつかえぬ寝たきりの市左衛門を手にかけた。そのようなごっぽう人には、娘の命を助ける道理はあるまい」

「へい、それは……」

勝蔵は、茹《ゆ》で玉子を呑んだように言葉に詰まった。首をひねり、腹の前で両の拳を握り締めて、体の中から返事を絞《しぼ》り出すような仕草をした。

「どうした、返答せんか」

「へい……」

勝蔵は、こわばった身体をほぐす風に深く吐息をついた。

「あっしにも、害のねえ蜘蛛を踏み殺すこともあれば、雨に打たれた子猫を拾い上げて、懐へ入れてやることもありやす。いってえ、どうしてそういうことになるのか……。あっしにも、てんで分からねえんで」

「ようするに、おのれにも分からんということか」

そう締め括りながらも、夢之介は、ますますもって釈然としない。浅く吐息をついて、糾問の矛先《ほこさき》を転じた。

「おまえは、あれだけの凶行を働けば、おのれが死罪になるのは分かっていたはずだ。自分から縄に掛かりに行くほど殊勝な心持ちがあるなら、どうして、真面目にこつこつ働いて生きることができなかったのだ」

「………あっしは、ただ、色里で遊ぶ金が欲しかったんでごぜえやす。したが、あっしのような半人足《はんにんそく》では、とても廓通《くるわがよ》いなんてできやしやせん。それで、親方に付いて出向いた得意先で目についた金目の物を狙ったんでごぜえやす」

真実は、順序が違っていた。心の病が高じて押込みを働いたあげくに人を殺し、しかるのち、北森下町の質屋から得た金子《きんす》で廓通いを始めたのである。

「半人足なんてえ、しおらしいことを抜かしながら傾城買《けいせいかい》たぁ、いけっぷてえ野郎だ」

　夢之介の後ろから、蔵六が、我慢していたくさめを爆発させたという様子で毒づいた。

「半人なら半人らしく、担ぎ屋台で四文《しもん》の酒でも飲んでろってんだ。おれんとこの店の六文の酒だってえ、てめえには十年早いわい」

　べらぼうな叱責に、周りの者どもが、そろって失笑を洩らした。だが、夢之介一人は、にこりともしない。鋭く細めた目を、つかみどころがない若造の顔にひたと据えた。

「一度で止められなかったのは、入れ揚《あ》げた敵娼《あいかた》がいたということだな」

「へい……」

　勝蔵は、夢之介のきびしい眼差しから逃れるように目を伏せた。膝の上で組み合わせた手を、もじもじと揉《も》み動かしている。

「その敵娼は、どこのなんという女なのだ」

「あいや……そいつは、料簡《りょうけん》しておくんなせえ」

「いや、料簡ならねえ。おれに訊かれたことは、何ひとつ包まずにしゃべるのだ」

自身番屋での下調べによって黒と判断されれば、勝蔵は、八丁堀《はちょうぼり》の大番屋《おおばんや》に預けられることになる。そこから先の定廻り同心の仕事といえば、奉行所の御用部屋へ出向いて入牢証文をあつらえるくらいのものだ。大番屋における咎人の吟味《ぎんみ》、牢屋敷における囚人の吟味は、いずれも与力の仕事であって、そこに同心が加わる余地はない。それだけに、夢之介の胸中には、この場で訊けるだけのことを訊いておかなければならないという焦りが渦巻いていた。

「へい、辰巳《たつみ》の里の蓬萊屋《ほうらいや》という妓楼《ぎろう》にいる、お虎という女郎でございやす」

「それなる女郎に逢いたいがため、押込みと殺しを繰り返したのだな」

夢之介は、蓬萊屋のお虎という名を肝に銘じた。海千山千の辰巳芸者が、年若な勝蔵の鼻毛を読んで盗みを唆《そそのか》したというのは、じゅうぶんに考えられることだ。もし、そういうことであるならば、お虎を捨て置くわけにはいかない。

「へい、そのとおりにございやす」

夢之介の深意に気づいていない勝蔵は、なんとも無防備に答えた。

これは、半分は本当である。確かに、一色町の森田屋に押し入ったのは、お虎に逢うための金が尽きたせいだった。市左衛門の居室に面した廊下には、深更《しんこう》になるまで板戸が閉《た》てられない――。勝蔵は、そのことを知ったうえで押込みに及んだのである。

「お嬢さん、ここの襖障子を明かり障子に貼り替えるのは、寝たきりのおとっつぁんのために、春の光を入れてやるためだってえね。いやあ、なんと感心な親孝行だね」

「日の光だけじゃなくて、月の光も入れてあげたいのよ。父様《ととさま》はね、とても風流韻事《いんじ》を好む人なの。だから、月のきれいな晩は、廊下の板戸も閉てないでおこうと思うの。春が深まって夜が暖かくなるまでは、火鉢に炭をたくさん焚《た》いてね」

十四日年越しの日、市左衛門の居室の障子を貼り替えた際に、細木屋の親方と森田屋の一人娘は、そんな会話を交わしたのだった。だが、その一人娘が、もう三年も寝たきりになっているという父親を、片時も離れずに介護しているとは思いもよらなかった。

「それはそうと……」

夢之介は、朱房《しゆふさ》の十手で盆の窪をコンコンと叩いた。ここいらで、棚上げしておいた疑念に始末をつけておくとしよう。そんなことを考えているのだが、肝心の疑念が何であったかを、ちと度忘れしている。それを思い出すために、しばしの時を稼いでいるのだ。

「おお、そうだった」

あけすけな夢之介は、こんな声を隠さずに発してしまう。

「勝蔵よ、先ほどは二件の押込みと殺しを自白したが、一つ抜けておるぞ」

「へい……」

勝蔵は、小首をかしげて、黒目がちの目をしばたたかせた。

「文化三年十二月十五日の早暁、深川佐賀町の船宿武蔵屋に押し込み、女将《おかみ》のおことを縊り殺して紅毛《おらんだ》の銀時計を盗んだのも、おまえに違いあるまい」

「は……」

それきり声を呑んだ勝蔵は、目玉がこぼれ落ちんばかりに瞠目《どうもく》した。まじろぎもせずに見開かれた目に、血の色が滲んでいる。その尋常ならぬ驚きの体《てい》に、夢之介のほうがなおさら驚かされた。

「へい、それも、あっしの仕業にございやす」

そう答える勝蔵を、夢之介は、食い入るような目で見すえた。

「ちょっくら待ちねえ」

ふいに、伝法《でんぽう》な江戸言葉が飛び出した。

「おまえさん、このおれを、おちゃらかしているんじゃあねえのか」

「うんにえ、滅相もございやせん」

そう言った勝蔵の顔には、何やら物狂いのような輝きがまとわれていた。

「三つの盗みと殺しを犯した罪は、ぜんぶあっしのものでござえやす」

土筆《つくし》の酢の物と若布《わかめ》汁の清涼な香が、鼻腔《びこう》をくすぐっている。食欲をそそられてはいるのだが、汁の実を一摘み、酢の物を一摘み口に運ぶたび、箸が宙に止まってしまう。舌は美味いと感じているのかもしれないが、頭の中がほかのことでいっぱいになっているため、ほとんど食い物の味がしない。

細木屋の勝蔵を大番屋預けにしてからというもの、柊夢之介は、食っていても飲んでいても、寝ても覚めても、ある一つのことに心を奪われる状態が続いている。

——おれは、とんだ見込み違いをやらかしたんじゃあねえのか……。

一月二十六日の未刻《ひつじのこく》（午後二時ごろ）に八丁堀の大番屋へ回された勝蔵は、翌日、与力の取調べに応じて、三件の押込みと殺しを自白した。それを受け、勝蔵は、大番屋から小伝馬町牢屋敷《こでんまちょうろうやしき》へ押送《おうそう》された。吟味入牢である。すなわち、北町

（四）

奉行所の吟味方与力、田原権左の出番となったわけだ。田原が言うところでは、勝蔵は「斎戒沐浴《さいかいもくよく》をするかのごとくに清廉《せいれん》な顔付きで」すべての罪を認めたという。勝蔵の首が胴と切り離されることは、もはや何物によっても止めることはできない。

「それにしたって、腑に落ちねえ……」

箸を握ったまま投げ首の姿勢になったところで、真正面からゴホンという咳が聞こえてきた。閉じかかった目を開くと、夢之介に対座した右衛門が、汁椀を掌に置いたまま探るような眼差しを向けていた。

長子の夢之介に家督を譲って離れに隠居する柊右衛門は、毎朝の卯刻《うのこく》（午前六時ごろ）、母屋の表座敷で夢之介と朝餉《あさげ》を共にする。右衛門が、組屋敷の坪庭《つぼにわ》に数寄屋《すきや》造りの離れを構えることができるのは、百坪という敷地のおかげである。同心は、三十俵二人扶持《ふち》という情けないほどの微禄《びろく》ではあるが、そのいっぽう、六十坪から百坪の町家《まちや》造りの宅地を下賜される。この地所の一部を貸店《かしだな》にする方便もあり、盆暮の付け届けも馬鹿にならないので、同心の暮らしは、その身分ほど貧しいものではない。

柊右衛門は、えら骨の張った顎と広い胡坐鼻《あぐらばな》は息子とは似ても似つかないが、覆面頭巾でも被れば、息子の夢之介とまるで見分けがつかなくなる。眦《まなじり》の深く切れ込んだ涼やかな目だけは、鏡に映し合ったかのように、息子の目とはなはだ似通っているのだ。六十の坂に差し掛かる年齢だというのに、息子と同様に目の光が若く、目元のたるみもない。

それをして、今しも父子の朝餉の飯盛をしている老女中の菊は、「大旦那様と若旦那様は、芝居の五十日鬘《かつら》みたように、二つの目ン玉を二人で使い回しているようですのう」などと面妖《めんよう》なことを言う。はたして、夢之介は、父の右衛門にじっと見つめられると、おのれ自身に見つめられているような怪しい心地になることがある。

右衛門は、掌に乗せていた汁椀を食膳に置いて、ぎごちなく空咳《からぜき》を吐いた。

「役目のことにとらわれ、心ここにあらずといった体であるが……今月、北町奉行所は月番であったかの」

「あいや、今月は非番でございます」

隠居した父と、その家督を継いだ息子とは、不器用に言葉を交わした。

右衛門は、七年前に同心の役目を致仕《ちし》して隠居の身となって以来、常磐津節《ときわづぶし》、囲碁、参詣旅行などに忙しくしている。隠居生活の無聊《ぶりょう》を多彩な趣味で埋めるのは、まことにけっこうなことである。そうは思うものの、夢之介は、その父から、無理をして趣味を増やしているような苦しさを感じ取らぬでもない。

右衛門の妻女にして夢之介の母は、十一年前に病を得て他界し、夢之介は、二十七歳になった今も妻を娶《めと》っていない。八丁堀の組屋敷に住まう柊家の眷属は、父と息子の二人きりだ。母でも妻でも姉でも、誰か間に入る女がいないと、父と息子の交流というのは妙に不細工で気まずいものであるなと、夢之介は常々思っている。

「そうか、非番か。ま、たまには、骨休みをするがよい」

右衛門は、いらぬ気遣いを口にした。武家の習いにあらがって、廻り方同心を務めるうちに見初めた油問屋の次女を娶ったような男である。武家の父が息子に対するのにあるまじき遠慮は、そういう庶民的な性分の為せるものなのかもしれない。

「親父殿、細木屋の勝蔵を捕らえた件について、ちと教えを請いたいことが」

その言葉が、夢之介の口からひとりでに洩れた。平素は、退隠した父に知恵を借りるようなことはしないのだが。

「うけたまわろう」

掌に乗せたままになっていた汁椀をコトリと膳に置いて、右衛門は、待っていたように表情をあらためた。やはり、どこか様子のおかしい息子に、その理由を問うことをためらっていたようである。飯櫃《めしびつ》の傍らにちんまりと座った菊婆さんは、しゃもじを握った拳を膝に置いて、心地よさそうに船を漕いでいる。

「同心たる者は、伝馬町大牢《てんまちようたいろう》における与力の吟味に、どれほど異を唱える余地があるものでしょうか?」

伝馬町大牢とは、小伝馬町牢屋敷の通り名である。

「寸毫《すんごう》の余地もあるまいよ」

右衛門は、言下に否定した。

「やはり……」

喉の奥でつぶやいて床に目を落とした夢之介に、父は、顎をつるりと撫でる間合を入れてから問うた。

「察するに、こたびの捕物《とりもの》において、何やら引っかかるものを残しておるようだの。いったい、何が引っかかっておるのだ」

「それを申しあげるのは、しばらくご容赦願いたい。何がどう引っかかっておるのか、目下のところ、おのれにもよう解しません」

夢之介は、しかめた片頬を掻きながら、弱みをさらした息子の顔を右衛門に向けた。

「おのれにも解さぬとな……咎人をひっ捕らえる役目をあずかる捕方《とりかた》が、そのようなせりふ吐いてはなるまいよ」

「いかさま……」

言い差して、夢之介は、眸《ひとみ》をゆっくりと左右に動かした。目下の混沌とした状況において、廻り方同心の先達《せんだち》に何をどう訊いたらいいかが思い浮かんだのである。

「昨年十一月二十日の大谷屋の一件、十二月十五日の武蔵屋の一件は、何から何まで双子のごとくに似ておりましたが、その二つを結ぶ糸がなかなか見つかりませなんだ」

「しかるに、こたび森田屋事件が起きたことにより、経師屋の奉公人が、一本の糸となって三件を結んだのであろう」

「いかにも。されど、細木屋の奉公人勝蔵を捕らえるにおよび、いったん一本の糸でつながったものが、すぐさま、ばらばらに解けたような気がいたしまして」

二人の間では、居眠りから覚めた菊が、もそもそと茶を淹《い》れている。

「なんとな」

鋭く細めた目の表情も、息子そっくりである。その目を息子に据えたまま、右衛門は、腕組みを解いて菊から湯呑みを受け取った。

「親父殿、一つお訊ねいたします」

夢之介は、菊婆さんが、皺だらけの腕を伸ばして湯呑みを渡そうとしているのにも気づかずに言った。

「町奉行所の同心には、年番、吟味、本所見廻り、養生所見廻り、牢屋見廻り、町火消改《まちびけし》め、町会所《まちかいしょ》見廻り、赦帳方《しゃちょうかた》、高積《たかづみ》改め、隠密《おんみつ》廻りから定廻りにいたるまで、あれこれと工作をして仕事の手柄を独り占めにしようとする者が、いくらでもおります。それが人の世の習いにござれば、悪事の罪を好きこのんで独り占めにしようとする者など、人の世にいるはずはござらん。と、それがしには思えておるしだい」

「いったい、何を申すやら」

「それとも、親父殿は、そのことについて何か異見がございますか?」

「ふうむ……」

かつての熟練同心は、息子にそっくりの目を瞠《みは》った。ややあって大きく瞬きをすると、おもむろに茶を啜《すす》って、現役同心の息子が投げかけた奇怪な問いを咀嚼《そしゃく》する様子を見せた。

「そもそも奉行所などは、御役目という籬《まがき》で囲われた狭い世界にすぎぬ。そこで起こる事々は、醜行であれ善行であれ、その筋道は内まで透けて見える。平然として下役の手柄を横取りするにせよ、鞠躬如《きっきゅうじょ》として上役にへつらうにせよ、保身、立身にこりかたまっておるだけのこと。しかれども、定廻りのそなたが扱うのは、浮世で起こる事々じゃ。浮世には、代々の家屋敷を売り払って花魁《おいらん》に入れ揚げる者もおれば、武家の家督を放り投げて絵師の修業を始める者もおる、賭博にうつつを抜かして妹を女郎屋に売る男もあれば、ぞっこん惚れた寺小姓と情を通じ続けたいがために火付けをする八百屋お七のような女もある。それらの仕業は、奉行所の籬の内から眺めれば、なべて世の理《ことわり》をわきまえぬ愚人の仕業に思えよう。ところがどうして、そのような奉行所の理が通らぬ滅法界《めっぽうかい》が浮世の理というもので、奉行所の理を用いることしか知らぬ役人のほうこそ、浮世の理に暗い愚人と呼ぶべきであろうよ」

滔々《とうとう》と自説を開陳する父を、夢之介は、半ばあっけに取られて眺めていた。思えば、現役時代の柊右衛門とは、役所ではなく人の世を仕事場にしているような定廻り同心であった。その父から、夢之介は、廻り方のあるべき姿を学んだには違いないのだが、それを父の全身から漂う匂い、たたずまいから発せられる風趣によって感じ取ったのであって、ことさら言葉による訓戒を受けた覚えはない。

右衛門は、湯呑みを茶托《ちゃたく》に置き、ゆったりと着物の裾をさばいて、あらたに居ずまいを正した。

「すなわち、定廻り同心たるそなたは、奉行所の理ではなく浮世の理で物を考えねばならぬということよ。とんだ滅法界が浮世の理ならば、悪事の罪を好きこのんで独り占めにしようとする者が、世の中におらぬことはあるまい」

夢之介は、はっと我に返った。同時に、昨年の十一月二十日以来、曇っていた目が豁然《かつぜん》と開かれたような心地がした。

——勝蔵の足跡は、早春の光のなかでじっくりと見定めたってえか。まったく、聞いてあきれるぜ。

片頬に苦い笑みを刻んで、胸の内におのれを罵《ののし》った。

二月三日。非番の北町奉行所へ出仕した夢之介は、同心部屋の文机《ふづくえ》の前に腰を下ろしたのも束の間、表に飛び出したくてうずうずし始めた。その思いが、つい声になって洩れた。

「ほんのこったが、定廻り同心の仕事場は、役所ではなく人の世だぜ」

周りで文机に向かっていた同心たちが、一様に顔を上げた。夢之介自身、みずから洩らした声にはっとなって、周囲の顔をぐるりと見渡した。丸い顔も細い顔も似たような四角四面の顔に見え、なるほど、これらは役所という狭い籬《まがき》の中に住む愚人どもの顔だ、などと思う。

——こんなところに居座っていたら、おれも同じ顔になっちまうぜ。

正面の年寄同心が不興そうな目を向けているのも構わず、夢之介は、ひょいと腰を上げて同心部屋を抜け出した。本日の朝、父から授かった訓戒がきっかけとなって、自分なりに事件の洗い直しをする腹が固まっていた。小伝馬町牢屋敷に送られた勝臓は、与力の吟味に応じて、深川の一帯で起こった三件の強盗殺人を自白した。もはや、定廻り同心の出る幕ではないのだ。それでも、夢之介は、土中に埋まった骨の匂いに誘われる犬のごとく、事件の隠された真相を掘り起こさずにはいられない。

――まずは、森田屋の一人娘おみつだ。ともかく、このおみつと会って話すことから始めようじゃあねえか。

ところが、深川一色町の森田屋に向かう前に、佐賀町下ノ橋の自身番屋に立ち寄らざるをえない格好になった。というのは、夢之介が奉行所の門を出ようとしたおりしも、門番所の小者に、こう声をかけられたのである。

「あ、お待ちを。こちらの者が、おりから柊様をお訪ねでございます」

見れば、やけに耳が大きくて反っ歯を剝きだした蝙蝠《こうもり》のような顔をした小男が、門番所の前に立っていた。小男は、門の前で立ち止まった夢之介に向かってぎごちなく会釈をした。

「おまえさんは、誰だったかな」

「へい、松五郎親分に使われる文吉という者ですべい」

松五郎といえば、南町奉行所の尾形兵庫から手札《てふだ》を授かっている岡っ引きである。

「ほう。それで、何用だ」

「尾形様の言付けを柊様にお伝えするよう、松五郎親分から言いつけられやして。先刻、佐賀町の下ノ橋の真下に、女の仏が川に浮いているのが見つかったんですべい。そいつが、乳の下を刃物でブスリとやられておったので」

「その仏さんは、いったい誰なんだい」

夢之介は、胸がせわしく波立つのを覚えながら訊いた。尾形がわざわざ使いを寄越すからには、たんに女の刺殺死体が川に浮かんだというのではあるまい。

「へい、それが、佐賀町上ノ橋の船宿で通い女中をしているおよねとかいう女で」

「なに、およねが……」

夢之介は、じろりと眸《ひとみ》を動かして宙を睨んだ。およねが何者かに胸を刺されて死んだことが、昨年十二月の武蔵屋事件と無縁であるはずはないと思えた。その予感は、いったん一本に結びついた三件の強盗殺人がばらばらに解《ほど》けていく予感に呼応して、夢之介の胸の中で異様な響きを奏していた。

その顔は、とうてい、およねのものとは思われなかった。どころか、人の顔とは思われないほど異様に変貌していた。まるで、巨大な摘入《つみれ》のようである。その肢体も、ぶくぶくと膨れ上がって、小柄だったおよねとは似ても似つかない巨軀に変じている。

およねの屍《しかばね》は、佐賀町下ノ橋の自身番屋の土間に運び込まれてあった。その屍を覆った薦《こも》をめくった時、夢之介は、予想していなかった有様に面食らった。この有様からすると、およねの体は、五日以上は水の底に沈んでいたに違いない。水没した死骸が川面に浮いたのは、五臓が腐敗して浮嚢《うきぶくろ》のような按配《あんばい》なったせいであろう。

ここまで変わり果てた骸《むくろ》を早々におよねと確認できたのは、五日前の一月二十八日、武蔵屋のあるじ音吉が、佐賀町周辺の自身番屋という自身番屋におよねの捜索を願い出ていたおかげである。一月二十六日、いつもは寅刻《とらのこく》（午前四時ごろ）に武蔵屋へ通って来るおよねが、日の出になっても姿を現さなかった。音吉は、同じ佐賀町のおよねの家へ小僧を使いにやった。すると、小僧は、およねではなく、酔いどれの亭主を連れて戻って来た。酔っ払って寝ているところを小僧に叩き起こされた亭主の伝助は、音吉に向かって支離滅裂な啖呵《たんか》を切った。

「いやさ、へちむくれの小旦那《こだんな》よ、おれんとこへおよねを呼びに来るのは、ごてきに筋違いじゃあねえかい。いつもは暮六《くれむ》つに家へ戻されるおよねの野郎が、きのうは、おれが酔っ払って家へけえってても戻っていやがらねえ。さっき、この小僧がおれを叩き起こしやがったときも、戻っていやがらねえときてやがる。ほんとうなら、おれのほうが、ここへおよねを呼びに来るのが筋ってもんだろう。人の女房を家へ戻れねえくれえこき使っておいて、そのうえ家へ呼び出しの使いを寄こすたぁ、どういう料簡だ。え、船宿のあるじだからって、古物屋《ふるものや》をコケにしやがると、身ぐるみ剝いで湯灌場買《ゆかんばがい》に売り渡してやるぜえ」

とにもかくにも、およねが昨夜から家に帰っていないことが、音吉には分かった。翌々日の一月二十八日、音吉は、酒毒に冒されて正気に返ることのない亭主に代わって、四方八方の自身番屋におよねの捜索願を出したのである。

ところで、酔いどれの亭主も、誰とも見分けのつかない死体の確認については意外にしっかりしたところを見せた。伝助が、およねの左乳の下にある二つ黒子《ぼくろ》を覚えていたことが、著しく変貌した死体の身元をおよねと特定する決め手になったのであった。

それなる二つ黒子は、魚の鰓《えら》のように口を開けた刺し傷によって、二つに裂かれたかっこうになっている。その無惨な裂け目を検めながら、夢之介は、ふと自身番屋の土間に置かれた床几に目をやった。

床几には、裾から綿のはみ出た着物をまとった伝助が独り、つくねんと座っていた。佐賀町自身番の報せを受けた音吉が、いつもの宿酔《ふつかよい》でぐんにゃりとなった伝助を引きずるようにして、ここまで連れて来たのだという。伝助がおよねとの間にもうけた二人の子供は、ここには姿を見せていない。下駄屋に奉公に出ている長女が、家に戻って六歳になる長男に付き添っているらしい。

月代《さかやき》が伸び放題になった伝助は、はだけた襟《えり》の間から剝き出たあばら骨をしきりに掻きながら、何やらぶつぶつと洩らしている。この男が居る一角からは、生臭さと酒臭さが入り混じったような、粕漬《かすづけ》にそっくりの異臭が漂ってきていた。

亭主の身なりにまったく頓着しない女房と、女房が家を空けたのも構わずに酔いどれている亭主。それでも、伝助は、およねの左乳の下にある二つ黒子のことを覚えていた。やはり、夫婦なのだ。そのことが、夢之介には妙に物悲しく、哀れに思えた。

だが、そんな感傷にふけっている場合ではない。

夢之介は、哀れな伝助に向けた目をおよねの骸に戻した。そこで、あらためて、およねの足回りが黒い脛布《はばき》に草鞋《わらじば》履きであることに注意を引かれた。

「はて、めいような……」

これは、遠出のための足ごしらえと見るほかはない。すなわち、深川佐賀町の船宿に女中奉公する女は、殺されたその日、酔いどれの亭主と子供を捨てて江戸を出奔《しゅっぽん》しようとしていたことになる。およねは、夜の巷《ちまた》で刃物の餌食にならずとも、そもそも、亭主と幼い子供の待つ家に帰るつもりはなかったのだ。

「およねは、胴巻《どうまき》、打飼《うちがい》のたぐいは、身につけておらなかったのかい」

土間に横たえられた骸に目を当てたまま、夢之介は、誰にともなく訊いた。

夢之介を取り囲む自身番屋の書役、武蔵屋の音吉、下っ引きの文吉が、間の抜けた顔を見合わせた。ややあって、文吉が、蝙蝠のような顔をぐしゃっとしかめた。

「旦那は、とんだべらぼうを申されますべい。辻強盗となって女をブスリとやり、金を盗むのを忘れちまうような唐変木が出てくるのは、朝寝《あさね》坊夢《ぼうむ》楽《らく》の噺《はなし》くらいのもんですべい」

下っ引きの文吉は、およねが、辻強盗に刺し殺されて川に投げ込まれたものと決め込んでいるようだった。

「ははは。ちげえねえ」

夢之介は、文吉を軽く受け流した。

「勝蔵なる若僧は、金箔《きんぱく》つきのごっぽう人にござるの」

野太い声に振り返ると、尾形兵庫が、櫓《やぐら》のような体を折り曲げて自身番屋の入口から入って来たところだった。後ろに、胡麻塩頭《ごましおあたま》に太り肉《じし》の松五郎を従えている。しっかりと周辺の聞き込みをしてきた、という風情である。

「およねは、正月二十五日の亥刻、千鳥橋の袂《たもと》で殺されて川に投げ込まれたのだ。たまさか、千鳥橋の近辺で寝ころんでいた御薦《おこも》の老爺《ろうや》が、その一部始終を見ておった」

およねの骸が下ノ橋の真下に浮かんだからには、殺害は、下ノ橋が架かる川の上流でおこなわれたに相違ない。そう見当をつけて川沿いに聞き込みを続けるうち、千鳥橋の近辺をねぐらとする御薦に辿りついたということなのだろう。

兵庫は、胸の上に高く腕を組み合わせ、馬のような鼻嵐《はなあらし》を吹いた。

「二十五日の夜、見習い職人の勝蔵は、細木屋から半休をもらって自由の身にござった。すなわち、勝蔵は、それがしとおぬしが深川中を歩き回ったその晩に、千鳥橋の袂でおよねを刺し殺して川に投げ込んだということにござろう」

「それなる御薦は、勝蔵の顔を見たのかい」

「うんにえ、北町の旦那」

兵庫の壁のような背の後ろから、岡っ引きの松五郎が、まんまるい顔をひょっと突き出した。まるい顔が濃い黄味を帯びているところなどは、本業の饅頭屋で作っている蕎麦饅頭《そばまんじゆう》そっくりである。

「御薦の爺さんが言うことにゃ、およねも相手の野郎も提灯を提げておらなかったと。亥刻の千鳥橋の辺りといや、提灯《ちょうちん》の明かりも屋台の明かりもございやせん。空に月があったといっても、二十五日の月じゃあ人の顔を見分けるにゃ心もとない。したが、御薦の爺さんは、人殺しの声を聞いておりやす。若い男の声だったてえことで」

夢之介は、鋭く細めた目を宙に投げた。

「ちげえねえ。およねを殺した賊は、およねの出奔《しゅっぽん》の相手だな」

「ひゃっ」

床几に座った伝助が、しゃっくりのような声を出した。

「明かりも人通りもねえ夜の橋で、女が一人、顔の見分けのつかねえ男に出くわしたとしたら、どうするね？　蟹《かに》のように横這いして、やり過ごそうとするさ。

ふいに相手が襲いかかってきたなら、必死に逃げようとするだろう。したが、およねは、正面から深々と左乳の下を刺されておる。こいつは、相手が誰だか分かっていたんで、相手を避けようとはしなかったてえことだ。つまるところ、およねは、先月二十五日の亥刻、千鳥橋の袂で落ち合った男に刺し殺されたのさ」

「なある」

松五郎は、小さく横手《よこで》を打った。

「およねの足に脛布と草鞋が付けられていたからにゃ、こいつぁ出奔だと知れていた。およねの住まいは佐賀町で、殺された場所がそこから二町も東の千鳥橋だときた日にゃ、ますますもって出奔にちげえねえ。したが、唐茄子《とうなす》の大年増《おおどしま》が、まさか道行《みちゆき》たぁ思わなんだ。さすがは北町一の出来物《できぶつ》と聞こえた旦那だ、きついもんだね」

「こんべらばぁ、唐茄子の大年増だとう」

伝助が、よれよれと床几から腰を起こして、頓狂《とんきょう》な声を張り上げた。

「悪く骨箱《こつばこ》を鳴らしやがると、このケツをしゃぶらせてやるぜえ」

「まあまあ、伝さん。そんな汚ぃケツは、山蛭《やまびる》だってしゃぶらないよ」

武蔵屋の音吉が、あばたの蔓延《はびこ》った童顔できついことを言う。

馬鹿げた騒ぎを制するふうに、兵庫が、荒々しく空咳《からせき》を吐いた。

「畢竟《ひっきょう》、およねは、道行をもちかけた勝蔵によって人目に付かない場所へ誘い出され、存分に屠《ほふ》られたということにござろう」

「どうして、その相手を勝蔵と決めつけるんだい」

夢之介が、兵庫を軽く睨んだ。

「異なことを申す」

兵庫の馬のように大きな口が、不興そうにぐいと曲がった。

「勝蔵は、ほかならぬ武蔵屋事件の咎人であるぞ。さしずめ、武蔵屋押入りの手引きをしたおよねを、口封じのために無き者にしたのであろう」

「武蔵屋に押し入ったのが勝蔵ならば、野郎には手引きなんぞいらねえ。そういうことじゃあなかったのかい」

夢之介は、口角《こうかく》を上げてにっと笑った。

「そもそも、おれたちは、手引きなんぞ無しに他所様《よそさま》の家に押し入り、まったく家捜しをせずに金目の物をひょいと摘み取れる野郎とはどんなたぐいの者かってえことで、的を絞り込んだ。それで、経師屋の見習い職人に行き着いたんだろうが」

じろりと動いた兵庫の目玉が、不満と当惑の色をふくんで夢之介を見すえる。

「しからば……およねを千鳥橋に誘い出して屠った男は、勝蔵ではないと申すのか」

声を呑んで耳をそばだてる男たちの顔をぐるりと見渡して、夢之介は、おもむろに口を開いた。

「勝蔵は、齢《よわい》十七の小僧だよ。考えてみてもくんねえな。三十過ぎの年増が、十七の小僧の甘言に釣られて、いそいそと道行に出かけるなんてえのは、安本丹《あんぽんたん》にもほどがあるってもんだろう。おれが見たところ、およねっていう女は、そういう安本丹じゃあねえさ」

「したが、御薦の爺さんは、わけえ男の声だったと……」

おずおずと巽を立てる松五郎に、夢之介は、すげない一瞥をくれた。

「よぼよぼの爺さんからすれば、四十男の声だって、わけえ男の声さ」

「畢竟《ひっきょう》、およねを殺した咎人は、勝蔵のほかにおるということにござるな」

兵庫が、不機嫌そうに言って、荒い唸《うな》りを洩らした。

「さいな。その野郎は、今ごろ、大江戸のどこかでのうのうと鼻毛でも抜いていやがるのさ。そいつに泡を吹かせるのは、月番のおぬしがやらねばなるめえ」

「おぬしの申すことは、得心がいくところがござる。されど、他方では、いっかな得心がいかぬ。何となれば、勝蔵は、まさしく武蔵屋の女中およねが殺された刻限に、仕事が半休になったおかげで巷《ちまた》をうろついておったのであるぞ」

「ともかく、野放しになった人殺しに縄をかけりゃ、すっきり得心がいくってことさ」

もう少しで喉から出そうになる言葉を、夢之介は、なんとか胸三寸に納めた。

――さしずめ、その野郎が、船宿武蔵屋に押し込んで女将を殺し、紅毛の置時計を盗んだのだろうよ。そいつが、およねに盗みの手引きをさせたあげく、口封じに殺したってえことさ。

（五）

「落雁《らくがん》は、きらいかい」

夢之介は、うつむけられたおみつの顔を下から覗き込んだ。おみつは、黙りこくったまま細かく首を横に振った。きれいに通った鼻筋のせいで、十六の娘にしてはしっとりと落ち着いて見える。色香はないが、清水で洗って日と風に晒《さら》したような清らかさを感じさせる娘だ。

「こっとら手元不如意《てもとふにょい》で、虎屋の饅頭をごちそうするわけにはいかねえが、落雁だって捨てたもんじゃないよ。遠慮せず、食べておくれな」

森田屋の娘は、伏せた目を静かにまたたかせて、「はい」と小さくつぶやいた。膝の上に重ねられた手がほどかれて、しずしずと皿に乗った落雁に伸びた。だが、それを口に運ぼうとはせず、守り札のように握り続けている。

娘の歯が菓子を齧《かじ》る可愛い音を期待した夢之介は、こっそりと落胆の息を洩らした。

森田屋押入りと市左衛門殺しにまつわる最も重要な証人であるおみつには、事件の翌日に勝蔵が自身番屋へ出頭してしまったため、夢之介がじかに事情を聴くことがないままになっていた。

おみつと顔を合わせるのは、これが初めてである。森田屋事件から九日目に当たる二月三日の正午、深川佐賀町の自身番屋から深川一色町の森田屋へ回った夢之介は、ちょうど店先に姿を見せていたおみつをつかまえた。昨日に市左衛門の初七日を営んだ森田屋では平常の商いを再開しており、おみつは、出入りの小売業者を店先まで送っているところだった。いずれは婿《むこ》を迎えて身代《しんだい》を継ぐ一人娘として、おぼつかなげに女将の修業を始めたという様子が、そこに表れていた。

「おみつさんだね。おれは、北町奉行所で廻り方をつとめる柊夢之介という者だ」

夢之介は、物柔らかに声をかけると、叔父が姪《めい》を連れ出すような何気なさで、おみつを隅田川の堤に小屋掛けする出茶屋《でちゃや》へいざなったのである。

ここ数日の好天に続いて、本日も光のどかにして春風駘蕩《しゅんぷうたいとう》。梅見月と称されるだけあって、江戸中に麝香《じゃこう》が焚《た》き込められたように梅の香が薫然《くんぜん》と漂っている。まばゆい光の弾ける大川を上り下りする荷船や川遊びの船は、天上の世界を浮遊しているかに思える。

この平穏無事な江戸の有様が妙に空々しく思え、夢之介は、どうも心の座りがつかない。

「おれの顔を見て、何か気がつかねえかい」

なんとか話の接ぎ穂を探そうとして、うなじを垂れた娘にあらためて話しかけた。

娘は、ふと頭をもたげて、鈴を張ったような目で夢之介の顔を見つめた。

「これでもな、三津五郎《みつごろう》によく似ているって言われるんだよ」

おみつは、きょとんと目を開いたまま、にこりともせず小首をかしげる。夢之介は、おのれの顔が少し赤くなった気がした。

――こいつぁ、安本丹の見本みてえなことになっちまった……。

夢之介としては、おみつから何を訊き出したいのかは分かっていない。煮染《にしめ》を盛った皿に探り箸をするのに似て、何を摘《つま》み取りたいのかを迷いながら探っている按配である。

とはいえ、おみつとあらためて話をする理由だけは、はっきりと分かっている。武蔵屋事件の奥から、判じ絵のように隠された真相が浮かび上がってきたのと同じく、大谷屋事件にも、かならず何かの裏がある。そう見込みをつけ得る形跡が、大谷屋事件にはたんまりと残されているのだ。

「いやなに……」

きまり悪くなった夢之介が顔の前で手を振るなり、卒然と、おみつが固く閉ざした口を開いた。

「細木屋の勝蔵さんは、やはり死罪になるのでしょうか」

夢之介は、しばし声を呑んだ。勝蔵に父親を殺された娘にしては、おかしなことを訊く。

「……すりゃ、三つの盗みと殺しを働いたことを牢屋敷の吟味で自白したんだ。勝蔵が、死罪を逃れる道は万に一つもあるめえよ」

娘の眉が、指先を棘に刺されでもしたようにぴくっとひそめられた。それに呼応して、夢之介の眉尻もぴくっと撥《は》ね上がった。

「おまえさん、まさか、勝蔵の身を案じているのではねえだろうな」

おみつは、夢之介の顔に当てていた目を膝に落とした。竹籤細工《たけひございく》のように華奢《きやしや》で白い顎が、横に振られようとする動きを留めたのを、その微かな挙動を、夢之介は見逃さなかった。

――この娘は、たぐいまれな正直者だぜ……。

おみつは、他人を欺《あざむ》くより前に、自分を欺くことができない。そのか細い顎を横に振りさえすれば、この場を取り繕うことができるというのに、それさえできない。

おみつは、まちがいなく勝蔵の身を案じている。

――しかし、なぜだ……。

「おまえさん、ひょっとして、勝蔵とは顔見知り……」

夢之介は、言いさした。今年の正月十四日、勝蔵は、表具師の見習い職人として森田屋市左衛門の居室に入り、障子の貼り替えを手伝った。その貼り替えを手配りしたのがおみつなのだから、おみつは、言うまでもなく勝蔵とは顔見知りなのである。

「おまえさん、勝蔵とは、正月十四日に顔を合わせておるね。そのとき、やっこさんとは何か話をしたのかい」

おみつは、膝に目を落としたまま、刻むようにしっかりと首を縦に振った。

「で、どんな話をしたんだい」

「あたしと同じくらいの年恰好だったものですから、聞いてみたくなって……あたしの父様はこんなになっちまったけど、あんたの父様は元気なんですか、って。そうしたら、あっしのおとっつぁんは、三年めえに亡くなりましたと……」

「おとっつぁんが、三年めえに亡くなった……そうかい……つかねえこったが、おまえさん、勝蔵と恋仲だったなんてことはねえよな」

おみつは、さっと顔を上げて、呆然《あぜん》とした様子で目を瞠《みは》った。

「まさか、そんな。あたしが勝蔵さんと顔を合わせたのは、正月十四日がはじめてなんですから」

嘘を言っている様子は、毛ほどもなかった。このべらぼうめ、と夢之介は胸中でおのれを罵《ののし》った。父親を殺した咎人が恋仲の男であるゆえ、その身を案じた——。などという推量は、思えば、とんだ下種《げす》の勘ぐりであった。

細木屋のあるじ銀介は、表具師というよりは儒者《じゅしゃ》を思わせる風貌をしていた。鉋《かんな》で削ったように肉の削げた顔には、細長い目が穏やかな光を浮かべており、半白《はんばく》の山羊髭《やぎひげ》がたくわえられている。職人らしい捩《ねじ》り鉢巻《はちまき》が、かえって不似合いに思える。

「何度も申しますがね、あっしは、あの勝蔵が金目の物ほしさに三人を殺めるなんて大それたことをやらかすとは、とてもとても……」

僧坊の簀子縁《すのこえん》に胡坐をかいた銀介は、さびた声で物静かに言った。

夢之介が松井町の細木屋へ回ったところ、なんとも福々しい面立ちをした女将さんが出てきて、「うちの人は、大工町の万祥寺さんへ出向いておりますによって」と、おっとりした口振りで教えてくれた。万祥寺僧坊の障子を貼り替えていた銀介は、夢之介のおとないに応じるついでに、僧坊の縁側で一服するかっこうになったのだ。

「正直なところ、このおれも、勝蔵に凶賊《きょうぞく》の相を見出すことはできなかったよ」

夢之介は、片手で着物の裾をさばいて、銀介の傍らに腰を落とした。岡っ引きの蔵六は、伴っていない。事件の調べ返しに半畳《はんじょう》を打つに違いないので、あえて声をかけずにおいたのである。

「しかしなあ、勝蔵の野郎は、十七の小僧っ子のくせして岡場所《おかばしょ》の女に入れ揚げていやがった。やっこさんが、見習い職人の身分ではおっつかない金子《きんす》を欲しがっていたのは、ほんとうのことさ」

銀介は、煙管《きせる》の煙を吐きながら枯山水《かれさんすい》の庭に目をやって、その庭のように枯れた物淋しい表情を浮かべた。

「あいつはね、かわいそうな子なんでさ。十七の身空《みそら》で辰巳芸者《たつみげいしゃ》なんぞに入れ揚げたのも、へんな色気を起こしたわけじゃなく、きっと、さびしかったんでしょうよ」

「……そう言や、勝蔵のおとっつぁんは、亡くなったそうだな」

「勝蔵がかわいそうというのは、そんなもんじゃねえんでして」

煙管の雁首《がんくび》を煙草盆の灰吹きにコツリと当てて、銀介は、さびた声に湿りを含ませた。

「こんなことを八丁堀の旦那に説明するのは、釈迦《しやか》に心経《しんぎよう》かもしれやせんが。三年めえ、六間堀町の三平店で、夫殺しがありやしてね。松吉という宮大工が、女房のお重に縊り殺されるってえ事件でして。夫婦同士が喧嘩《けんか》馴れしている裏長屋では、かえって夫殺しは珍しいんですが」

「深川の六間堀町といや、まさしくおれの縄張り……」

夢之介は、宙に投げた目をせわしく左右に動かした。

「確かに、三年前、そんな事件があったな。したが……北は、月番じゃなかった」

それなる三平店事件には、南町奉行所が月番で当たったのだ。

「その松吉とお重が、勝蔵の二親《ふたおや》というわけなんでして」

「…………」

夢之介は、切れ長の眦を裂いて瞠目《どうもく》した。

「そいつぁ、とんだ茶釜だぜ」

自分の顔をじっと見つめる銀介に目を合わせて、夢之介は、我に返ったように大きな瞬きをした。

「三件の強盗と縊殺《いさつ》で挙げられた咎人の母親が、咎人の父親を縊り殺したってえのは、なんとも因縁めいているじゃあねえか」

永代橋《えいたいばし》の東詰から細木屋のある松井町までは、今やお馴染《なじみ》となった船宿武蔵屋で求めた猪牙舟《ちょきぶね》に乗って隅田川を遡り、万年橋のところで小名木川《おなぎがわ》へ折れ、ほどなく六間堀に折れ込んで北を指した。まったくもって、深川は水運の街である。

松井町から万祥寺へは、待たせておいた猪牙で六間堀を南へ返して、小名木川を東へ折れた。

さて、大工町の万祥寺から深川仲町へ行くにも、深川の水運に頼るにしくはない。小名木川を西へ戻り、いったん大川を下る。上ノ橋から仙台堀に折れ、さらに相生橋から細い掘割に折れて、南へと櫓《ろ》を漕げば辰巳の里に到る。そうした深川の水路を、おのれの手筋《てすじ》のように知り尽くしていることが、生粋《きっすい》の江戸者の自慢とするところである。

「松永橋でなく、先の相生橋を右へ折れておくれな。そのほうが、水の流れがいいんだよ」

猪牙の船頭に向かって、いちいち順路を指示する夢之介にも、その自慢が透けて見えていた。

「ご苦労さんだったね。もう、待たんでもいいよ」

武蔵屋のあるじ音吉が、格別の割引を申し出てくれたおかげで、船賃は百五十文ですんだ。その船賃を船頭に手渡して、猪牙の船首から桟橋へひょいと飛び移ったところで、夢之介は、見知った男が堀端の路を歩いて来る姿を認めた。茹で玉子のようにてらてらした禿頭の下にどんぐり眼を光らせ、当世の短《みじ》か羽織《はおり》に路考茶《ろこうちゃ》の小袖、赤い鼻緒《はなお》の丸下駄をつま先でひっかけてしゃなしゃなと歩いて来るのは、幇間《ほうかん》の清助である。

「あたしらを、男芸者なんて呼ばんでおくんなさい。そもそもは幇間が芸者で、女郎のほうが女芸者なんでげす」

というのが口癖の清助は、かつて岡場所通いをした夢之介を、ずいぶんとヨイショしたものだった。

——猪牙を降りたら、もう一艘、舟が陸を歩いて来たぜ。渡りに舟とはこのこった。

夢之介は、桟橋から堀端の路に上がるなり、とおせんぼうをするかっこうで手を広げ、清助の行く手をふさいだ。

「よう、清どん」

ぴたりと立ち止まった清助は、どんぐり眼をこぼれおちそうに瞠った。

「おやまあ、これは芳町《よしちょう》の旦那。ごうぎと、ひさしいもんでげすな」

清助は、夢之介の容貌が陰間《かげま》のように優しいことから、八丁堀の旦那と呼ぶ代わりに芳町の旦那と呼んでいた。芳町は、男色を売る陰間《かげま》茶屋《ちゃや》が集まる町として知られている。

「芳町はよしておくれな。こう見えても、おれには男色の気はこれっぽっちもねえんだから」

「いやいや、祝着至極《しゅうちゃくしごく》でげす。またまた、旦那が辰巳のほうへお出ましとは」

「おまえさんには、ちょうどいいところで会った。さっそくだが、ひとつ頼まれてくんねえ」

清助は、四十男の脂ぎった顔には似合わぬ、悪戯《いたずら》っ児のような横目づかいで夢之介を見すえた。

「おやまあ、またもや、あたくしを茶にするんでげすか。いつぞやは、慈姑《くわい》のまる呑み、茹で玉子のまる呑みじゃ飽き足らないってんで、蛙の酢漬けをまる呑みにせえと所望なさいましたのう」

幇間にとっては、廓の酔客のおもちゃにされるのも芸の一つである。どころか、酔客の玩弄《がんろう》が度を過ぎるほどに、笑顔を増さなくてはならない。清助には、そういう幇間魂がたっぷりと備わっていた。

「あいや……そんなこともあったっけな。あれは若気のいたりよ、勘忍してくんな」

夢之介は、一方の掌で盆の窪を撫でながら、もう一方の掌で片手拝みをした。

「ところで、本日のご所望は何でげすか。まさか、すっぽんの甲羅をまる呑みにせえというのじゃないでげしょうな」

清助は、わざと真顔をつくって言った。

「東西東西、おれが頼みたいというのは、そんなことじゃねえんだ」

堀端に植えられたネコヤナギの枝から銀白色の花穂を摘み取って、夢之介は、にっと白い歯を見せた。

「清どんは、蓬莱屋のお虎という芸妓を知っているかい」

「知っているも何も、あれは、蓬莱屋の板頭《いたがしら》でげすよ。新子《しんこ》のころは、鰯《いわし》の干物が二本足で立ってるみたようでげしたが、今じゃすっかり渋皮《しぶかわ》が剝けて、すてきとまぶい上玉に生まれ変わっておりやす」

「ほう、そうかい。いやなに、そんな噂を耳にしたもんでな。非番の暇にまかせて、ちょっくらひやかしてやろうと思ってな」

一介の同心風情が、与力の吟味をよそに事件を洗い直していることが知れ渡れば、大いに差し障りがある。夢之介としては、なるたけ御用とは無縁の道楽を装っておきたかった。

「するってえと、旦那は、あたくしの顔でお虎に渡りをつけてもらいたいと、こういうわけでげすな」

「さいな。なにぶん、こっとら、辰巳の里は三年ぶりだ。清どんを茶にしていたころのようには、顔がきくというわけにはいかねえ。すると、まずは引手《ひきて》茶屋《ちゃや》で待たされ、ちょいと顔を見せてくれるだけで、初会はまたのときにってえなことになっちまう。そういう手順がめんどうだってんで、天下に太鼓の音を鳴り響かせる幇間の清八に顔をきかせてもらおうというわけだよ」

「天下に鳴り響かせるとは、ずいぶんおひゃらかしてくれますな。旦那こそ天下の十手持ちでげすから、ちょいと十手をひけらかしゃ、青楼《せいろう》の板頭を呼び付けるくらい朝飯前でげしょう」

「おいてもくんなよ。生まれてこのかた、せっかく江戸の通人を気取ってきたんだ、道楽をするのに十手を使うわけにゃいくめえよ」

「おや、てえしたもんだよ、蛙のしょんべん」

「おい、そいつぁ、てえしたことねえって意味だろうが」

「いや、あっぱれでげす。さすがは、あたくしが見込んだ旦那だ」

清助は、帯から抜いた扇子《せんす》を素早く開き、夢之介の顔を下から仰いでヨイショの仕草をした。

「旦那の頼みは、将軍様の頼みでげす。たとい大名とすっぱり茂っている最中でも、そこから引っぱがして、お虎を旦那の前に差し出してしんぜやしょう」

名調子でまくしたてると、ひょいと踵《きびす》を返した。

「ついて来さっし」

（六）

遣《や》り手が手配した燗酒《かんざけ》を盃に差しながら、夢之介は、軒越しに暮れなずむ春の空を仰いだ。春の空は、昼と夕べの境に、手で掬《すく》えそうに濃い藍色になる。そういう空に、ほんのりと茜色《あかねいろ》を滲ませた千切れ雲が、微動もせずに浮かんでいる。

堀に面した塀の内にしつらえられた坪庭《つぼにわ》には、鮮やかな赤い花を咲かせたツツジの群がりの中に、苔の色を帯び、幹は折れ曲がり、棘のような短枝を生やした老梅《ろうばい》が、のっと立っている。老いた枝の先にかろうじて結んだ白い花が、何かしら霊妙な精気を放っているように映る。

その精気が招くかのように、森田屋の裏庭で聞こえた笹鳴きとは打って変わった、堂に入った鶯《うぐいす》の鳴き声が聞こえた。明澄《めいちょう》な鶯の声には、胸をぎくりとさせるものがある。不意を突いて、胸に鋭く刺さってくる。だが、鶯の姿は見えない。

――そう言えば……。

夢之介は、胸の内につぶやいた。

——梅に鶯とはいうが、おれは、梅の木に止まって鳴く鶯を一度だって見たことがねえ。それを見た者は、この世に一人もいねえともいう。

「勝蔵の自白を真に受けるのも、梅に鶯の組み合わせに騙されるようなもんじゃあねえのかい」

そう声に出した時、

「おまちどうさま」

はんなりとした声色が、背中に聞こえた。廂《ひさし》の下に胡坐《こざ》していた夢之介は、床に尻を置いたまま、くるりと声のしたほうへ向き直った。

「おっ……」

思わず声を呑み、驚いた鶏のように首を突っ立てた。

襖の前に正座して手をつかえた女は、鳴海《なるみ》絞《しぼ》りの単衣《ひとえ》に黒緞子《くろどんす》の帯、小鳥も滑り落ちるような撫で肩に紺がすりの羽織を掛け、髪はすきっとした櫛巻《くしま》きに結っている。その粋ないでたちが、造りのこまやかな細面によく似合う。

ようするに、女がトコトン垢抜《あかぬ》ければこうなるという見本のような代物に、夢之介は出くわしたわけだ。

「ふうん……おまえさん、歌川豊国《うたがわとよくに》の絵から抜け出してきたところだろう。今ごろ、豊国の美人画を買った客が、周りの景色だけ残して女が消えちまったってえ、版元に怒鳴り込んでいるんじゃあねえのかい」

女の細面に、媚の色のない、どこか颯爽《さっそう》とした笑みが浮いた。

「すてきと洒落なんすな。お客はんは、ちょっとした浮世男《うきよおとこ》とお見受けいたしんす」

「そうきたか。浮世男には、人情の機微《きび》に通じた男、当世風の男、好色男といった意味があるが、おれは、そのうちのどれに見えるんだい」

「ぜんぶでありんすえ」

「ははは。そりゃ、そうだ。その三つは儒学の仁義礼みたようなもんで、切っても切り離せねえ」

「ところで、お客はんは、どこの旦那はんでおざんすえ」

今、夢之介は、幇間の清八に借りた短か羽織をまとっている。腰に差した大小と十手は、三つ紋付の黒羽織といっしょに、近くの茶屋で待つ清八にあずけてある。

「こうこう、あててみさっし」

赤い舌をペロリと出して掌で額を叩いた夢之介は、いかにも大店《おおだな》の放蕩《ほうとう》息子といった風情である。こういう手合いは、遊廓《ゆうかく》では「息子株」とか「息子様」とか呼ばれて大いに重宝される。

「あんまり、おもっくれなせえすな。ぐすぐすしちゃぁ、魚が腐りなんすえ」

畳敷きに片手を突いて、くの字なりになった女の様子は、なんとも婀娜《あだ》である。その様子にゾクッと胴震いしながらも、夢之介は、さりげない顔つきをして、

「ごうてきにみごとな廓言葉《くるわことば》だねえ。おいらの知るところじゃ、廓言葉が達者な傾城ほど、なまりの強いお国の出ということさ」

「ばあちゃやあ」

辰巳の女は、すんなりした人差し指で、べっかんこうをして見せた。

「そいつは、どこの国言葉だい」

「おまいこそ、あててみなさろ」

「すんなら、ちょっくら国のことを語ってくんねえな」

「わしらが国のこたぁ、お江戸の衆には、こっぱずかしくて、なにも語るべいこたぁござんなへもし」

「ふうん。ひょっとして、信州のどこかじゃねえかい」

あながち、当てずっぽうではない。江戸の町人町は、あらゆる国者《くにもの》の坩堝《るつぼ》である。他国から江戸へ渡ってきた者は、子の前ではどうしても国言葉が出る。そうして、江戸町人の二代目から三代目へと、鰹《かつお》と炒子《いりこ》を合わせたダシのような、江戸言葉と国言葉の混淆した言葉が受け継がれていくのだ。

柊夢之介は、水道の水を産湯に浴びた江戸者の三代目といえども、七年も江戸の定廻り同心をやってきたからには、各地の国言葉にもそれなりに通じている。

「ばあちゃやあ、知っちゃったかやあ」

お虎が、頓狂な声を出しておどけた。顔を反らせて白い喉を見せた仕草が、これまた艶っぽい。

「お、当たりだね」

「いかさま、わっちは、北國街道《ほっこくかいどう》の松代から来なんした。あいや、それよりも、おとっさんにかどわかされて江戸まで来たと言いなんしょう」

「おとっさんにかどわかされたって、すりゃ、どういうことだい」

「信州松代領岩野村の百姓、茂作《もさく》は、秋落ちで年貢の上納がままならなくなった年、二人の娘を連れて領地を欠落《かけおち》しなんした。十五歳のきぬ、十歳のおきの手を引いて、飲まず食わずで北國街道を歩きとおし、追分宿《おいわけ》にいたったところで、きぬを飯盛旅籠《めしもりはたご》へ下女奉公に出しなんした。奉公の年季は、まる十年。きぬの給金、十五両を受け取った茂作は、おきの手を引いて中山道《なかせんどう》を東へ向かい、江戸へ入りなんした。その半年後、賽賭博《さいとばく》で負けこくり、きぬの身代金をありっきりはたいた茂作は、今度は十一歳のおきを深川仲町の廓へ奉公に出しんした。おきの年季は、姉よりも長い十五年でありんす」

じっと聞き入っていた夢之介は、しんみりと吐息をついた。

「…………したが、おとっさんは、おまえさんを年季明けの前に請け出すくらいのことは考えているんじゃねえかい」

「うんにえ。おとっさんは、わっちを身売りに出したきり鼬《いたち》の道でありんす。どこで何をしているやら、生きているやら死んでいるやら……おとっさんは、もともと身代金が目当てで二人の娘を連れ出したんですえ。そんなんですによって、わっちは、おとっさんにかどわかされたと言いなんす」

血と骨に染み込んだ長い苦渋の物語を、煙草の灰を落とすようにさらりと締め括ると、お虎は、おのれの身の上話にくたびれたふうに、くの字なりの姿勢をさらに崩した。

「そないなとこにうずこまってておらんで、もちいと近くへ寄りなんせ」

優雅に手招きをするお虎は、涼しげな目もとに惑わかすような笑みを揺らせている。わずかに割った裾から、鴇色《ときいろ》の襦袢《じゆばん》が覗いていた。

夢之介は、こりゃ参ったね、とつぶやきながら片頬を掻いた。

――この女は、何と言うか、人界の地獄で磨かれた珠玉とでも言おうか……。

やおら酒肴《しゅこう》の乗った膳を前に押し出して、お虎のほうへ膝を進めた。すかさず、お虎が、艶《えん》な物腰で着物の袖をからげ、膳に乗った小半入《こなからいり》をつまみ上げる。

「お一つおあんなまし」

夢之介が差し出した盃に酒器を傾けながら、膳の上の皿に目をやって、

「はあ。旦那はんは粋でも、肴が白板《しらいた》に漬生姜《つけしょうが》というのは野暮でなんすな。もっと、気のきいたものをお食べなんし」

「すんなら、鮟皮《あんぴ》の吸い物としゃれこもうか。花柚《はなゆ》の香をきかせたやつをな」

「さすが、何から何まで千両でなんすなぁ」

夢之介は、片方の手で空の盃を軽く振った。その盃を、すいと、お虎のほうへ差し出す。

「盃洗《はいせん》は見当たらねえようだが、かまうめえ。ひとまず、一杯やりねえ」

「おさえなんしょう」

お虎は、手早く小半入をつまみ取って、夢之介の掌に乗った盃を満たした。

「お客はんは、太鼓持ちの清八の紹介ということでなんすな」

「そうでなきゃ、初会の身で、妓楼《ぎろう》の板頭とゆっくり差し向かうなんてこたぁできねえさ」

上目使いにお虎の顔色をうかがいながら、夢之介は、くいと盃を干した。

「それにしても、わっちの名をどこの誰から聞いたんですえ」

「うん、そいつはだな……」

盃を置いて、もぞもぞと両の手でおのれの体を探る夢之介を、お虎は、目をすがめて見つめる。

「煙草盆がおいりでなんすか」

「うんにゃ、煙草はやらねえ」

何かを探しそこねた右手が、いったん宙をさ迷ったあと、ポンポンと盆の窪を叩いた。

「いやなに……店に出入りする御用聞きと、芝居の話で気が合ってな。その若いのを一膳飯屋《いちぜんめしや》に誘って一杯飲ませたところ、蓬莱屋のお虎というのが、ごうてきにまぶいと教えてくれたのさ。一月も前のことだがね」

「そうでなんすか……」

口の中で小さくつぶやいて、お虎は、すいと起き上がった。

「鮫皮のおすましを注文して来るついでに、お酒のお代わりを持ってきんしょう」

「おいおい、押しも押されもせぬ板頭に、配膳の真似ごとをさせちゃあ」

そう言う夢之介をあしらうように振り返らせた片顔で軽く笑んで、お虎は、せわしく座敷から出て行った。襖を閉めた様子が、少しばかりぞんざいに感じられた。

ぽつねんと独座した夢之介は、燗冷《かんざ》ましが底に残った小半入を顔の前で振った。かすかに冷気をふくんだ風が、低く這うようにして座敷へ流れ込んできた。外を見やると、夜の色に変わりつつある空に、うっすらと三日月が浮かんでいる。

「さまはさんやの三日月さまよ、宵にちらりと手拭《てぬぐい》に紅のついたを見たばかり」

自慢の喉で常磐津を口ずさむなり、夢之介は、さっと顔色を変えた。

——三日月女郎、ちらりと見たばかり……いや、こいつは正体を見破られ、トンズラを決め込まれたか。

「南無《なむ》三宝《さんぼう》！」

頓狂な声を出し、床を蹴って起き上がったところで、襖がするりと開いた。そこに、紙のような無表情をしたお虎が立っていた。

「手水《ちょうず》へ行かれなんすか」

「いや、そうじゃあねえ」

お虎は、冷然とした一瞥《いちべつ》をくれて入室し、座敷の中央に座した。固くそろえた膝の上に、紺色の袱紗《ふくさ》包《つつみ》を乗せている。

「どうぞ、そこへお座りなんし」

白い手で、自分の真正面を指し示した。

夢之介は、化けの皮を剝がされたかと剣呑《けんのん》に思いながらも、言われるままになった。黙然と、お虎の真正面に腰を落とした。すると、お虎が、膝に乗せていた袱紗包を畳敷きに置き、すっと夢之介のほうへ滑らせた。

「この中に、勝蔵はんがわっちに貢いだ三十五両が、手つかずで入っておりんす」

袱紗包をじっと見つめていた夢之介は、その目を上向《うわむ》けて額越しにお虎を睨んだ。

「勝蔵はんが番屋へ出頭して以来、わっちは、奉行所のお役人が来るのを待っておりんした。どうぞ、この三十五両をお納めなんし」

「どうして、おれが奉行所の者だと分かったんだい」

「通な町人を気取った江戸言葉が、猿が鬘《かつら》をかぶった芝居みたようで、いかにも見え透いておりんした」

「おきゃあがれ。おれの江戸言葉は」

夢之介が、目玉を鯛のようにまんまるく剝くと、

「というのは、ほんの冗談」

お虎が、表情を消していた顔にほのかな笑みを浮かべた。

「腰の後ろに扇子を差すのが辰巳芸者で、腰の後ろに十手を差すのが八丁堀の旦那でありんす」

夢之介は、目玉をまるく剝いたまま、口のほうもポカンとまるく開いた。

「旦那はんは、さっき、腰の後ろへ手を回して何かを抜き出そうとする身ぶりをしなんしたな。思わず知らず、腰の後ろから十手を抜く身ぶりが出なはったんでしょうの。幕府公認の吉原とちごうて天下御免《てんかごめん》というわけにはいかぬ岡場所には、何かと町廻りの同心が茶々を入れに来なんす。わっちらにとっちゃ、奉行所の同心が腰の後ろに手を回すんは、がいに見なれた仕草でありんすえ」

「ふうん」

間抜け面をしていた夢之介が、我に返ったように表情を動かした。妙にさっぱりとした顔になっている。

「恐れ入ったよ。おまえさんは、ほんにてえした玉だ。降参したついでに、こちらの身分をすっぱりと明かさせていただこうか」

胡坐《あぐら》を組んだ膝に両の拳を乗せ、背筋を伸ばして形をあらためた。

「それがしは、北町奉行所の定廻り同心、柊夢之介にござる」

お虎も、同じく居住いを正して、正面の夢之介にきっと目を据えた。

「柊の旦那は、わっちが勝蔵はんから金子を預かったいうことで、お縄を掛けなんすか」

「それがしには、何かと言えば十手で盆の窪を叩く癖がござってな。先刻も、ちくと返答に詰まり、自然、腰の後ろへ手が伸びてござる。されど、本日は十手を持たぬ浮世男にござれば、掌で盆の窪を叩くことにあいなった」

真顔で言い切った夢之介は、ふと片頰でいなせに笑った。

「本日のおれは、十手も鯵切《あじきり》も帯びねえ、短か羽織の浮世男さ。じゃによって、犬の首に掛ける縄だって持ってやしねえよ」

お虎は、かすかに眉を開きつつも、暗い憂えを残した目で掬《すく》い上げるように夢之介を見やった。

「では、この三十五両をどうすれば……」

「そのことは、心配せずにおれにまかせておきな。それよりも、教えておくれな」

「…………」

「勝蔵は、何と言って、この三十五両をおまえさんに渡したんだい」

目を伏せて下唇を噛んだお虎は、ややあって、目を上げて虚空を見つめた。

「この三十五両は、出入りの大店に押し入って盗んだ品物を質に入れてつくった金だ。したが、この三十五両にだけは、殺しはからんでねえ。どうか、この金を納めて、足抜《あしぬ》きの足しにしてくんな」

お虎は、耳にこびりついたこの台詞を、勝蔵の生霊《いきりょう》が憑《つ》いたかのように滔々《とうとう》と吐き出した。

「殺しはからんでねえ……」

夢之介の片眉が、細い尾のように撥ね上がった。

「勝蔵がそう言ったのは、いってえ、いつのことだい」

「正月二十五日の宵《よい》の口でありんす。忘れもせえへん。その翌日、勝蔵はんは亀沢町の自身番屋へ出頭してお縄をちょうだいし、未来永劫《えいごう》、わっちとは会えぬ身となりんしたんですからの」

「正月二十五日……」

それは、勝蔵が、深川一色町の太物問屋森田屋に押し入った日の翌日である。

夢之介は、目《め》の子算《こざん》をする要領で、一つ一つを確かめるふうに考えをめぐらせた。

正月二十四日の戌《いぬ》の下刻《げこく》（午後九時ごろ）、森田屋へ押し入って市左衛門の居室から探幽《たんゆう》の掛け軸を盗み出した勝蔵は、翌二十五日、奉公先の細木屋が半休になったことをさいわいに、窩主買《けいずかい》の質屋へ行って盗品を金に替えた。しかるのち、深川仲町へ出かけ、蓬莱屋の女郎お虎に盗品でつくった金のありったけを渡した。

「殺しはからんでねえと。勝蔵は、確かに、そう言ったのかい」

「へえ、そう言いなんした」

「ならば、この三十五両にだけは、とは、どういう意味なんだい」

お虎の作りのいい顔に、男のように厳しい表情が浮かんだ。

「三十五両の子細を話す前に、勝蔵はんは、両替屋の御隠居の妾宅へ押し入り、御隠居を殺《あや》めたことをわっちに告白しんした。そんときに盗んだ萌黄羅紗の冬羽織を質草にしたによって、見習い職人の身で岡場所通いができたんだと……」

夢之介は、はしっこく頭を働かせて、それなる告白の意味を解き開いた。

——勝蔵は、大谷屋吉兵衛の妾宅への押込みと吉兵衛殺しを、お虎に向かって真正直に明かした。ならば、「この三十五両にだけは、殺しはからんでねえ」という言葉は、必ずや嘘ではあるまい。

「白いのが、二つになりやがった……」

そのつぶやきが、ひとりでに夢之介の口から洩れた。勝蔵が本所亀沢町の自身番屋で申し立てた三つの凶行のうち、一つは、すでに夢之介の中で白いほうに分けられていた。そして、今しも、二つ目が白いほうに分けられたのである。

——だとすれば、寝たきりの森田屋市左衛門を縊り殺したのは……。

夢之介の脳裏に、「細木屋の勝蔵さんは、やはり死罪になるのでしょうか」と問うた娘の顔が浮かんだせつな、

「柊の旦那」

お虎が、あわただしく膝を進めて、夢之介の袖をつかんだ。見開いた両目の縁に、痣《あざ》のように血の色が走っている。

「わっちは、この三十五両に殺しはからんどらんという話を、勝蔵はんからきつ

う口止めされておりんした。どうせ明日は自身番屋に出向いてお縄にかかり、この首が斬られるのを待つばかりの身となるんだから、よけいなことを言うんじゃねえよ、とな。したが、わっちは悔しいんす。勝蔵さんが殺めたんは、一人だけでありんすえ。それを、江戸雀どもは、盗みのために三人を殺めたはっつけ野郎などとはやしたておって」

「こうこう」

夢之介は、袖をつかんだお虎の手を握り返した。

「ちょっくら、静かにしてくんねえ」

森田屋市左衛門殺しの咎人がおみつだとすれば、いかにも面妖《めんよう》に思われたことのすべてが腑に落ちる。

「わしゃあほ、ほろひてくりゃ、てゃれか、わしぁほ、ほろひてくりゃる、もんはほらんのかひ」

そんな言葉にならない呻きによって「殺してくれ」と訴える市左衛門に、おみつが応えてやったのだとしたら、どうだろうか？　誰よりも市左衛門のことを案じていたおみつのことだから、思いあまって父親に手を掛けたとしても不思議はない。それで、無惨な最期を遂げたはずの市左衛門の死に顔が、仏像のように静穏だったことにも説明がつく。

その父親殺しの場面を、たまさか、そこへ押し入った勝蔵に見られたのだとすれば、どうだろうか？　勝蔵に重大な弱みを握られたおみつは、勝蔵の盗みを黙って見ているほかなかった。という具合に、現場に居合わせたおみつの不可解な沈黙についても、どうにか説明がつけられるのだ。

だが、それにしても――、
勝蔵がおみつの罪を進んで被るのは、まったくもって腑に落ちない。

「勝蔵は、森田屋に押し入ったときのことを、ほかに何か言っていなかったのかい」

気づくと、お虎の手をひねりあげていた。

「あいや、これはすまねえ」

夢之介は、あわててお虎の手を放した。お虎は、まじろぎもしない目で夢之介を静かに睨んだ。

「勝蔵はんは、出入りの大店に押し入って盗んだ品物を質に入れたと言うただけで、森田屋の名前すら口にしなかったんでありんすえ。ほかに話したことなど、なんにもありんせん」

夢之介は、乗り出した身を引っ込めると、

「そうかい、なんにもかい」

放り捨てるようにつぶやいて、懐手《ふところで》に投げ首の姿勢になった。

「ただ、勝蔵はんは……」

ぽつりと、お虎の口から小さなつぶやきが落ちた。

「しきりに、こう言っておりんした。おれの地獄は終わったんだ、と」

胸に埋まるようだった夢之介の頭が、むくりともたげられた。

「おれの地獄は終わった…………おまえさんは、勝蔵のおとっつぁんとおかっつぁんのことを聞いていたかい」

「へえ、地獄とは、そのことでありんす」

「しかし……地獄が終わったとは、どういう意味なんだい」

「分かりんせん。勝蔵はんは、何も聞いてくれるなと。けれど、そう言ったときの勝蔵はんは、ほんに極楽で生まれ変わったような顔をしてはりなんした」

夢之介は、そうかい、と小さくつぶやいて宙を見やった。

その目交《まなかい》に、本所亀沢町の自身番屋における勝蔵の居姿がありありと蘇った。忘れもしない、あの勝蔵は、水垢離をして罪の穢れを落としでもしたような神異な気配をまとっていたのだ。

「柊の旦那」

その声によって物思いから呼び戻された夢之介の目に、懐に忍ばせた匕首《あいくち》を抜き出すお虎の姿が映った。匕首の刃は、いつの間にか座敷の中に込めた薄闇をまとって黒い鱗《うろこ》のように光っている。当然のごとく、お虎には、行灯《あんどん》に灯《ひ》をともすゆとりもなかったのだ。

とっさに、夢之介は、懐手にした両手で諸肌《もろはだ》を脱ぎ、片膝立てになった。折り曲げた右肘の内側で顎を覆ったのは、刃を肘で受け止めるためである。

「何のつもりか知らねえが、悪い料簡を起こすんじゃねえよ」

ドスを利かせた低い声に、なだめる声色をふくませた。

薄闇に浮かぶお虎の顔に、怪しい笑いの波が流れた。匕首を持たぬほうの左手が懐から畳紙《たとうがみ》を取り出し、それを床に置く様子に、夢之介はじっと目を凝らした。

薄闇の中に、お虎の顔と畳紙が白く浮き出ている。

ふいに、篠笛《しのぶえ》のように鋭い鶯の啼き声が通った。同時に、夢之介は、床に置かれた畳紙にあてがわれた小指を、匕首の刃がさっくりと切り割るのを見た。間髪《かんはつ》を容れず、お虎は、あらたな畳紙を懐から取り出して小指の切り口を包む。一点の淀みもない、舞のような動きである。

束の間の出来事を茫然と見守っていた夢之介の鼻先に、小指を包んだ畳紙が差し出された。

「どうか……これを、勝蔵はんに渡しておくんなんし」

夢之介は、声をうしなったままでいる。

「蓬莱屋のお虎の心は、勝蔵さんだけのものだという証拠でありんす」

「心中立《しんちゅうだ》てかい」

ようやっと、夢之介の口から声が出た。

「へえ。誰にも心の内を分かってもらえず、たった一人で死んでいく勝蔵はんに、わっちがしてあげられることといえば、これくらいしかありんせん」

行灯を灯し忘れた座敷には、濃さを増した夜の色が込めている。その中に白く滲んだお虎の顔に、二つの目が夜の色よりも黒々と光っていた。

第三章
仏と鬼

（一）

雪が舞っていた。塵のように細かな雪で、風にはらはらと散り流されては宙に消え、地面を白くすることも濡らすこともない。

辻占い、手妻遣《てづまづか》いの葦簀張《よしずば》り、人相見の筵《むしろ》、人形芝居の小屋などがひしめく中で、その男が商う一角は、何か異風な趣を漂わせていた。せわしい流れの中に生まれた瀞《とろ》のような風韻とでも言おうか――。

一抱えほどの小さな箱型の焼き台に、男は、柄の長い匙《さじ》でねたを垂らしている。細い糸を引いて焼けた銅板の上に落ちるのは、砂糖を加味して水で溶いた饂飩《うどん》子である。匙を持った男の手が器用に動いて、匙から垂れるねたの糸を操ると、銅板の上に文字や鳥獣草木の形が描かれる。その柔らかな作業に似つかわしく、男の表情はあまりにも穏やかなので、三十七歳という年齢より十歳も年寄って見える。

頭には置手拭《おきてぬぐい》、腹掛けに尻からげの小袖《こそで》が様になった姿は、すっかり年季の入った香具師《やし》の風情である。置手拭にした頭を、消え入りそうな泡雪《あわゆき》がはらはらとよぎっている。

その一齣《ひとこま》の景色を、柊夢之介は、沁み入るような心地で眺めていた。

「源さんなら、神仏の縁日があるときにゃ、社や寺の境内で荷を下ろしやす。そうでないときにゃ、たいがいは上野山下で商いをしとりやすぜ」

この香具師が住まう下谷《したや》の裏店《うらだな》で、年若で生きのいい差配《さはい》が、そう教えてくれた。すなわち、ここは東叡山寛永寺《とうえいざんかんえいじ》の黒門東側に広がる盛り場、上野山下である。

「そうかい、お嬢ちゃんの名は鶴というのだね。それじゃ、鶴をつくってあげなくっちゃあな」

裏店の住人から源さんと呼ばれる男は、焼き台の前に立った童女に向かって物柔らかな声をかけた。

「ほうらな、つーつーつるっとねたが垂れりゃ、つーつーお鶴ができあがる」

童女が手をたたいて飛び跳ねるのに誘われて、一人また一人と子供が焼き台の前に寄って来て、いつの間にか、そこに子供たちの群がりが生まれていた。

夢之介は、我知らず目を細めて笑んだ。

三平店事件《さんぺいだな》の調べに当たったのは、南町奉行所の定廻り同心《じょうまわりどうしん》、貝原源次郎だった。本所深川《ほんじょ》を担当していた貝原は、三年前に三平店事件を扱ったのを潮に同心の職を致仕《ちし》して、市中の辻や神仏の縁日で文字焼きを売る香具師となった――。

そうしたことを、夢之介は、二月三日の夕刻に南町奉行所へ回った際、尾形兵庫から聞かされたのだ。兵庫は、貝原が突として奉行所を去ったのを受け、牢屋見廻りから本所深川方《ほんじょふかがわかた》の定廻りへ役替えとなったのである。

兵庫は、細木屋の勝蔵と三平店事件との結びつきを、夢之介に聞かされて初めて知ったようだった。といっても、「ふむ、勝蔵は夫殺しの子であったとな。さもありなん、というところにござるな」と低くつぶやいただけで、それ以上の関心を払わなかった。勝蔵は、三件の強盗殺人の咎人《とがにん》として縄を掛けられる前に、自身番屋へ出頭してしまった。以来、兵庫は、武蔵屋の奉公人およね殺しの捕物《とりもの》で手柄を立てることしか念頭にないようであった。

夢之介は、文字や鳥獣の形をした菓子を手にした子供たちが方々へ散り、文字焼き売りがひと息つく様子を見計らって、小さな屋台に近づいた。

元同心の香具師は、夢之介をちらりと見上げ、かすかに煙たそうな表情を浮かべた。袴《はかま》を着けずに三つ紋付の黒羽織をまとった風体《ふうてい》を一目すれば、目の前に立った二本差しが何者であるかが分かる。

「貝原源次郎どのにござるな」

子供たちに向けていた目とは打って変わったすげない眼差しをくれた源次郎は、ややあって、わずかに顔をうなずかせた。かつての同役が訪れたことを、明らかに歓迎していない様子である。

「お取り込みのところ、推参《すいさん》いたして痛み入りもうす。それがしは、北町奉行所の定廻り同心にて、柊夢之介ともうす者にござる」

夢之介を見やる源次郎の冷眼に、ふと、なごやかな光が宿った。

「柊夢之介どのといえば、もしや、柊右衛門どのが御子息でございやすか」

「……いかにも」

長い睫《まつげ》を瞬かせる夢之介に、源次郎は、なぜか懐かしげな笑みを向けた。

「かれこれ十二年もめえのことになりやすが。辰巳《たつみ》の女郎屋で流行った相対死《あいたいじ》にを、北町と南町とで代わる代わるに調べることがございやした。そのおり、右衛門どのとは意見の交換をさせていただきやしてな。何かこう、たがいに反りの合うところがございやして、深川門前町の慳貪屋《けんどんや》でいっさんを傾け合ったんですが。それはもう、右衛門どのには、十手持ちの心得について、ごうぎと大切なことを教えていただいたものでごぜえやす」

「や、そうでござったか」

夢之介は、掌で盆の窪をポンと叩いた。

昔を偲《しの》ぶ目で夢之介の顔を見つめていた源次郎は、おもむろに切り出した。

「柊どのがあっしをおとなわれたのは、襖貼《ふすまは》りの縊《くび》り鬼の件でございやすね」

市中の瓦版《かわらばん》は、細木屋の勝蔵を「襖貼りの縊り鬼」と命名し、読売《よみうり》たちは、竹の字突きで瓦版を叩きながら、その名を連呼した。おかげで、江戸の経師屋《きようじや》という経師屋が、仕事のたびに客から不審の眼差しを向けられるようになったという。

勝蔵は、江戸中の経師屋から親の仇のごとくに憎まれているとのことだが、それも当然の成り行きというものだろう。

「いかにも、おてまえがお調べになった三平店事件のことを、くわしくお聞かせ願えればと存ずる」

夢之介が柄にもなく堅苦しい武家言葉を使うのは、今この場では、貝原源次郎には文字焼きを売る香具師から南町奉行所の同心に戻ってほしいという思いからである。

「勝蔵のおかっつぁんが、勝蔵のおとっつぁんを縊り殺した一件でございやすな」

静かな声で言いながら、源次郎は、小袖の袂《たもと》から煙草入《たばこいれ》と煙管《きせる》を取り出した。手まめに煙管の雁首《がんくび》に煙草を詰め、焼き台の下から火付け木で火を取り、雁首へ移す。その間、塵のような雪が焼き台に落ちては音もなく消え入っていた。

「ぜひにも、勝蔵の過去の事情を知っておきたいと思いましてな」

そう言ったあと、夢之介は、おのれが、勝蔵という若者への後ろめたさに近い感情に衝き動かされていることに気づいた。勝蔵はみずから自身番屋に出向き、みずから三件の凶行を白状したのだから、勝蔵が「襖貼りの縊り鬼」と呼ばれることを夢之介が後ろめたく思うのは当たらない。それでも、夢之介には、勝蔵を三件の強盗殺人の咎人と見なして大番屋《おおばんや》へ送った同心として、何かのつぐないをしなければならないように思えている。

――勝蔵の首が獄門《ごくもん》にさらされるのを避けることはできねえ。だが、勝蔵の魂に浮かぶ瀬をあたえてやることはできるかもしれねえ……。

なにしろ、勝蔵は、父親を殺した娘をかばい、その罪を我が身に被っているのだ。それだけでも、勝蔵を鬼から人に変えてやるに値すると言えるのではあるまいか。

「あれは、ほんに面妖《めんよう》な事件でございやした」

源次郎は、煙草をくゆらせながら昔語りの調子で言った。

「宮大工の松吉は、風の強い日に寺のお堂へのぼったことがたたり、五丈の高さから地面に落ちて、それっきり半身が動かんようになりやした。それを境に、八歳だった勝蔵は日本橋の紙問屋へ奉公に出され、女房のお重が、付きっきりで松吉の看病をするようになったのでございやす。三平店の住人たちによれば、夜なべの針仕事をするかたわら、かいがいしく松吉の看病をするお重は、それはもう仏のようにありがたく見えたということで」

なんと、森田屋の娘と父にそっくりじゃあねえか、という夢之介のつぶやきは聞こえなかったらしく、源次郎は、遠くを見る目をして語り続ける。

「したが、松吉が寝た切りになってから六年後の夏、女房のお重が、床に横たわる松吉に手をかけることになった。お重は、針仕事のために掛けていた襷《たすき》を松吉の首に掛け、思うさま縊ったんでごぜえやす。その日、勝蔵は、隅田川の東にある旗本屋敷へ集金に出向いておりやして。その足で六間堀町の実家へ寄ったことがアダとなり、母が父を殺す地獄図を目の当たりにしたしだいでして。みずから自身番に出向いたお重が語ったことには、お重のほうは、亭主の首を絞めるのに無我夢中で、勝蔵が入って来たことには気づかなかったそうでございやす」

「なんとな……勝蔵は、母が父を殺す場面を目の当たりにしたと……」

その瞬間、夢之介の脳裏に浮かんだのは、別の絵図だった。青々と冴えた下《しも》の弓張りが中天にかかる春の宵、勝蔵は、堀割に面した枝折戸《しおりど》を抜けて森田屋の裏庭へ忍び入り、濡れ縁から廊下へ上がって市左衛門の居室の明かり障子を開いた。そこで、寝た切りになった父の首に看病の娘が手をかけている場面に出くわした……。

「面妖だというのは、それからあとのことでございやす」

源次郎の声が、夢之介を現《うつつ》へ引き戻した。

「お重は、松吉を縊り殺す様を勝蔵に見られたのも構わず、すっかりたまぎって三和土《たたき》にへたり込んだ勝蔵を捨て置き、六間堀町の自身番へ出頭したんでやすが……岡っ引きの報せで自身番屋へ飛んでいったあっしが目にしたのは、髪をととのえ衣紋《えもん》をつくろって土間に端坐した、何かこう、石仏《いしぼとけ》みたような風情をしたお重でございやした」

源次郎は、舞い落ちる泡雪に煙草の煙を吹きかけて一息をついた。その顔には、すぐ目の前にお重の姿を見ているような表情がある。

「お重の様子をいぶかしんだあっしは、開口一番、こうただしたんでやす。おまえは、亭主を縊り殺したばかりであるというに、なぜ、心地よさげに笑んでおるのだ。へい、お重の顔には、妙に洗われたような笑みが浮かんでやしたもので。すると、お重は、笑みを浮かべたまま申したのでございやす。体の動かない、口をきけない内の人は、わたしが下の世話をしてやったり粥《かゆ》を食べさせてやったりするたんびに、どうか殺してくれという目でわたしを見ておりました。そんな目を向けられて、わたしは、いつだって冗談じゃないよという目で見返しとったもんですが……。ある日、はたと気づいたんです。この人を殺してやれるのは、ほんのこったが、この世でわたししかおらんのだと。この人を地獄から極楽へ送ってやるという、仏様にしかやれんことを、わたしがしてやれるんだと……じゃによって、内の人を襷で縊ったときには、ちいともつらくなかった。いいや、そんなんじゃねえ、わたしは、がいにうれしかったんです」

そこで言葉を切り、源次郎は、煙管の雁首で焼き台の端をコツリと叩いた。三平店事件にまつわる話が、一渡りすんだようである。夢之介は、おのれの総身が栗立《あわだ》っているのを覚えた。

——ひょっとしたら、寝た切りの父親を繕る娘にも、悲しさや辛さじゃなく、大事な夫の命を取ったお重のような尋常ならぬ法悦《ほうえつ》があったのかもしれねえ……。

三件の強盗殺人の中で最もつかみどころのない森田屋事件の真相が、おぼろな影となって、ほの見えたかに思えた。が、それも束の間、真相の影は、逃げ水のように手の届かない彼方へ遠のいていた。しょせん、勝蔵がおみつの罪を被った理由は、勝蔵の胸を割いて心を取り出さないかぎり知りえないのだった。


三橋を渡って下谷広小路に入ったところで、夢之介は、肩越しに後ろを顧みた。おりしも、法被《はっぴ》に股引《ももひき》という中間《ちゅうげん》のいでたちをした男が、三橋を渡ろうとしていた。やはり、夢之介に足取りを合わせている。熨《の》したように平たい顔に吊り上がった細目を白く光らせた、異様な悪相が見て取れた。

とりあえず、中間体《ちゅうげんてい》の男に尾行されることについて思い当たるところはない。

しかし、その悪相の男が、上野山下から後をつけて来ているのは確かなことだった。

歩度を変えずに南を指して歩きながら、夢之介は、頭を動かさず下谷広小路の左右に目を配った。いつの間にか春の泡雪は止んで、冷たく湿った風だけが吹いている。見馴れた葦簀囲いが目に付いたところで、すいと中へ入り込んだ。

店内に置かれた床几《しょうぎ》には、若い男女一組が座っていた。そこへ一皿の握り鮨を運んで来た親爺《おやじ》が、夢之介に対面するなり、乱杭《らんぐい》のような黄色い歯を見せて笑った。

「こりゃ旦那、ひさしいもんだね」

「ごめんよ。今日のところは、店の中を通るだけでかんべんしてくんな」

不揃いな黄色い歯に並びぐあいのいい白い歯で応えると、夢之介は、そのまま奥へ歩いて行き、ひょいと小腰をかがめて葦簀の裾をたくしあげた。

「なんだか知らねえけど、旦那、またおいでなせえ」

「ああ、そうさせてもらうよ」

葦簀囲いを裏手から抜けた夢之介は、北側へ迂回して戻るかっこうで広小路に出た。思ったとおり、くだんの男が、夢之介が入った葦簀囲いの前に立ち止まって中の様子を窺っていた。法被の背に染め抜かれた紋が、はっきりと見える。丸の中に三菱が入っているのは、松平越前守《えちぜんのかみ》の家紋である。

夢之介の脳裏に、素早く隅田川河口付近の地図が描かれた。松平越前守の江戸屋敷と深川佐賀町の船宿《ふなやど》武蔵屋は、隅田川の西と東に分かたれているものの、永代橋《えいたいばし》によって八、九町の距離に結ばれている。越前松平家江戸屋敷の中間が、ちょくちょく船宿武蔵屋へ出かけて、二階でおよねと通じる。という筋書には、いかにもうなずけるものがある。

――こいつぁ、猫が鼠を嗅ぎ付けるめえに、鼠のほうからお出ましになったということかもしれねえ。

男は、首をかしげつつ広小路を南へ向かって歩き出した。今度は、夢之介のほうが、男の歩度に合わせて後をつけて行く。

後ろに回ったことで、もう一つ分かったことがある。丸に三菱の紋が付いた法被の裾から、長脇差《ながわきざし》の小尻《こじり》が覗いている。男は、背中に一本を帯びているのだ。

中間が差す脇差よりも長めの刀を背中に隠していることが、油断ならないものを感じさせる。すると、地を摺《す》るような男の足取りが、使い手の片鱗《へんりん》を匂わせているようにも思えてきた。

——ところが、このおれは、人を斬ったことがねえときている……。

胸の内に冷たい汗が湧くような心地になったその時、前を行く男の姿が、ふいに見えなくなった。男の後ろ姿に、風呂敷を背負った店者《たなもの》が重なった瞬間の出来事だった。前方の視界を遮る大きな風呂敷を避けんとして横ざまに移動すると、男の姿は手妻のように掻き消えていたのだ。

——こういうときは、ともかく落ち着かなくっちゃあならねえ。

ふと気づくと、すぐ右手が、上野北大門町の狭隘《きようあい》な路地のとば口になっていた。夢之介は、乾いた唇に湿りをくれて、用心深く路地へ入った。

縦板塀に囲まれた狭隘な路地の奥に、法被姿の男がこちらを向いて立っていた。胸の前に腕を組んで、あからさまに待ち構える様子を見せている。動物のように前屈みになった丸い背が、なんとも無気味であった。

夢之介は、恐れを心の奥に隠して、さらさらと男の方へ歩を進めた。

「追ったり追われたりと、いそがしい鬼ごっこだったな」

男の吊り上がった細目が、かすかに表情を帯びた。だが、頑丈そうな肉厚の体は、固く腕を組んだまま小揺ぎもしない。

「当ててやろう」

男から二丈ばかりのところで足を止め、夢之介は片頬で不敵に笑って見せた。

「察するに、おめえは、深川佐賀町の船宿《ふなやど》へ押し入り、女将《おかみ》のおことを殺めて紅《おら》毛《んだ》の銀時計を盗んだごっぽう人だな」

越前松平家江戸屋敷の中間は、おもむろに腕組みを解いて、静止していた蜘蛛が動き出すような気配を漂わせた。

「それだけじゃねえ。おめえは、押込みの手引きをさせた女中のおよねも、口封じのためにブスリとやった。正月二十五日の亥刻《いのこく》（午後十時ごろ）、千鳥橋の袂でな」

男は、白く光る細目で夢之介を睨み据えたまま唇で薄く笑った。

「そこまでごぞんじとは、恐れ入りやした。すんなら、ついでに名前も知っておいていただきやしょう。こちとら、渡り中間の甚八ってえ者でさ」

ごつい手で法被の裾《すそ》を撥《は》ね、腰の後ろから脇差を鞘がらみで抜き出した。刀身が二尺になんなんとする、特異な脇差である。

「その長脇差でおれを膾《なます》にするつもりで、後をつけてきたってえわけだな。てえから打って出るとは、盗人の人殺しにしちゃあ、見あげた根性だがね。それにしても、おれに狙いをつけたのは、どういう料簡《りょうけん》だい。おれは北町の十手持ちで、武蔵屋事件もおよね殺しも南町の領分だってことくれえ、おめえほどの悪党なら知っていそうなもんだが」

「いやなに、およねのやつが、わざわざ出向いて来た北町のお役人が、どうも油断のならねえやつだと言いましてね。そこんところが、こちとらの心に引っ掛かったんでさ」

甚八は、ぞんざいに鞘を払った。その鞘を放り捨てて、片手づかみにした刀をだらりと提げる。剣術作法のかけらもない挙措《きよそ》からは、かえって人斬りに馴れた者の殺伐《さつばつ》とした空気が匂い立った。

「冥途《めいど》の土産に教えておいて差し上げますが、こちとらが武蔵屋の女将を細紐で縊ったのは、深川永堀町の隠居殺しと同じ咎人の仕業と見せかけて、奉行所を見当違いの方向へご案内してやるためでさ。大谷屋の隠居が、妾宅《しょうたく》に押し入った賊に細紐で縊り殺されたってえ話は、読売《よみうり》で仕入れていたもんでね」

「ふうん。おかげで、とんだ見込み違いをさせてもらったよ。すると、船宿武蔵屋に土足の跡を残さなかったのは、その算段の仕上げってえわけかい」

「そりゃ、なんのこって。こちとら、はなっから紅毛の銀時計を盗むつもりで前の晩から武蔵屋に泊まっていたんだ。もともと、土足の跡なんてものを残す道理はねえ」

「なある。三つの賽《さい》の目がそろったのは、たまたま、そうなっちまったってえことだ」

「おや、旦那は、賽賭博《さいとばく》をやんなさるのかい」

「いいや。世情に通じちゃいるが、サイコロのほうは不調法《ぶちょうほう》でね」

「なんだい、訳が分からんお人だぜ」

つまらなそうに言い捨てて、甚八は、白刃をぎらつかせながら左足を踏み出した。

夢之介は、反射的に引き足を使った。なんとか刃の圏外へ逃れはしたが、体の幅が二倍もある甚八に気圧されている感じからは逃れきれない。

「中間風情が、二本差しを相手に斬り合いを挑むとは、いい度胸をしておるな」

「ふふふ。二本差しが怖くっちゃあ豆腐《とうふ》田楽《でんがく》が食えねえ、ってな」

甚八の異様に平たい顔に、凶暴な表情の影が浮かんで消えた。

「こちとら、今じゃすっかり江戸の中間になりきってはいるが、もとは喧嘩《けんか》渡世《とせい》の上州者でね」

この脅し文句は、夢之介の心胆《しんたん》を寒からしめた。馬庭念流《まにわねんりゅう》創始の地として武道が盛んな上州では、出入りにそなえて剣術をみっちりと仕込んだ博徒が伸し歩く。世に聞こえる「上州長脇差《じょうしゅうながわきざし》」とは、そいつらのことだ。何の因果か、人を斬ったことのない夢之介が、音に聞く上州長脇差と抜き合わせることになってしまった。

――こいつぁ、まともにやり合ってもラチが明かねえ。

夢之介は、半ば捨鉢《すてばち》の体《てい》で腹を据えた。ともかく、滅多矢鱈《めったやたら》とはったりを利かすことだ。

「そちらが長脇差でくるなら、こちらは、もっと短いのでいこう」

大刀を鞘がらみで抜き上げ、それを傍らの縦板塀に立て掛ける。次いで、おもむろに脇差の鯉口《こいぐち》を切ると、左足を引いて半身《はんみ》の構えを取った。

「それがしが修した心極流《しんごくりゅう》では、剣の道を究めれば究めるほど刀の長さは短くなるという理《ことわり》を要諦《ようてい》とする。さればこそ、心極流が目指す究極は、無手《むて》で剣に勝つというところにある」

二歩目を踏み出した甚八は、ふいに表情を強張らせ、蟷螂《かまきり》のように小さな瞳孔《どうこう》をじろりと動かして塀に立て掛けた大刀を見やった。夢之介が並べた怪しげな能書よりも、ことさらに大刀を外した怪しさのほうが、甚八を動揺させる効き目があったようだ。

甚八の動きに、踏み込むか様子を窺うかの逡巡《しゅんじゅん》が見えた。その一瞬の虚を衝いて、夢之介は、すみやかに足を送りつつ脇差を抜き放した。せつな、甚八が、弾かれたように退いて板塀に背を付けた。蟹の甲羅のように凹凸のない顔から、さっと血の色が失せた。その様子が、夢之介を勇気づけた。

夢之介は、じりじりと爪先で詰め寄り、小太刀《こだち》の切っ先を甚八の喉元へ迫らせた。父の右衛門に仕込まれた小太刀術の身ごなしを、体が少しずつ思い出し始めている。甚八に向かって垂れた能書はこの場の出任《でまか》せであるが、幼少期から青年期まで父の指南を受けた心極流小太刀術の技量は、まんざら捨てたものではない。

甚八は、板塀に背を擦らせて横ざまに退《しさ》りながら、

「ぐわあっ！」

凶暴な叫びを上げて、片手なぐりに刀を振り回した。この荒々しい一刀は、さすがに夢之介をひるませた。

「おっと、危ねえ」

間の抜けた言葉を吐いて、夢之介は、あたふたと飛び退く。それを見るや、甚八は、いきなり体をひるがえして脱兎《だっと》の勢いで走り出した。

「待ちやがれ！」

とっさに、夢之介は、背中に差した十手《じって》を抜いてなげうった。夢之介としては、十手を飛び道具として使うのは初めてである。ところが、その当てずっぽうが、たまたま練達の仕業のように鮮やかなものとなった。逃走する甚八を目がけて宙を奔《はし》った十手は、みごと甚八の頭に命中したのである。甚八は、ぎゃっと叫びを上げて膝を折ると、その場に頭を抱えてうずくまった。

（二）

おみつは、八双金物《はっそうかなもの》を取り付けた厳《いか》めしい門をじっと見つめていた。おみつと門の間は、広い掘割によって隔てられている。おみつの足は、ちょうど掘割を越える石橋の袂《たもと》に差し掛かったところだ。石橋を渡りさえすれば門に近寄ることができるのだが、どうしても足が前に動かない。

三味線の朝稽古をするため、おみつは、隅田川に架かる永代橋《えいたいばし》を渡り、霊岸島《れいがんじま》を抜け、日本橋を渡って室町三丁目を訪れた。三味線の師匠が、そこに住んでいるのだ。師匠は、かつて浄瑠璃《じょうるり》太夫《たゆう》の伴奏をしていた名人で、もともとは、おみつの父親、森田屋市左衛門の師匠だった。森田屋のある深川一色町から室町三丁目まで通うのは、女の足ではいささかきつい。それでも、市左衛門は、おみつを他の師匠のところへはやれんと言い張ったのである。

今日の稽古は、おみつにとって三年ぶりの稽古だった。その三年間は、市左衛門が寝た切りになってから死ぬまでの期間を意味している。三味線の稽古をふたたび始めるのは、取りも直さず、おみつが父親の看病から解放され、十六歳の娘らしい色彩豊かな人生を取り戻したことを証しているわけだ。森田屋のお店者は、皆そのような感慨を抱いて、嬉しそうにおみつを送り出した。彼らには、森田屋の一人娘が新しく生き始めることによって、最悪の凶事に見舞われた森田屋が立ち直っていくように思えたのだ。

ところが、当のおみつは、森田屋の一人娘という立場から逃れたくて、漂うように日本橋の北までやって来たのである。

稽古のあとにも、おみつの中には、何か得体の知れないものに引っ張られていく感覚が強く残っていた。気づくと、おみつの足は、日本橋とは反対方向の伝馬《てんま》町《ちょう》へ向いていたのだった。そこで、おみつは、ようやく、おのれが何をしようとしているかを悟った。

森田屋市左衛門の命を取ったのは、細木屋の奉公人勝蔵ではなく、市左衛門の一人娘おみつなのだ。そのことを、勝蔵が刑死してしまう前に、牢屋敷のお役人に伝えなくてはならない。だが、いざ小伝馬町牢屋敷《こでんまちょうろうやしき》の表門を前にすると、夢の中にいるように体が動かなくなってしまった。

おみつが市左衛門殺しの罪を告白したところで、どのみち、勝蔵は死罪をまぬがれることはできない。そんな思いが、おみつを、牢屋敷の表門に通ずる石橋の袂で金縛りにしているのだろうか。

いや、そんなことではなかった。

「いいかい、こいつは、あの掛け軸を狙った押込みがやったことなんだ。約束してくれ。あとになって、わたしがおとっつぁんを殺したと名乗り出るようなことは、ぜってえにしねえってな」

おみつの二の腕をつかんでそう言った押込みの目、頰冠《ほおかぶ》りから覗いた二つの目は、身の毛がよだつほど美しく澄んでいた。そうして、押込みは、神仏の罰よりも恐ろしい罰があるということを、おみつの心に刻みつけようとしているかのようだった。

牢屋敷の厳めしい門の上には、鈍色《にびいろ》の雲が重く垂れこめている。低く唸《うな》るような春雷《しゅんらい》が、一つ二つ鳴っては止む。時おり、心地の悪い生暖かさを孕《はら》んだ風が吹き抜けていく。

でも、なぜなのだろうか。出入りの表具職人《ひょうぐ》というだけの勝蔵が、おみつの身代わりになって罪を被ったのは。

あの時、おみつは、仰臥《ぎょうが》する父の喉を晒《さら》しで覆い、その上に掛けた枕に両膝を乗せて、あらんかぎりの力を込めていた。口がきけず、腕を動かすのがやっとの父が、そうするようにと必死に手振りで示したのだ。恐らく、父は、娘が自分に手をかけた証拠が残らない方法を、天井を睨みながら考えていたのだろう。行灯《あんどん》の灯《ひ》が消されたあとも、闇を睨みながら考えていたのだろう。

おみつは、不思議とためらわなかった。やさしかった父のことを思い出すほどに、枕に乗せた両膝に力がこもった。一人娘の全身の重み、全身の力が父の喉に掛かれば、それだけ、父は迷うことなく極楽へ行けるのだという気がした。そうして、おみつは、父への愛が熱く湧き上がるのを感じた。

はっと我に返った時、いつの間にか頬冠りの男が部屋に闖入《ちんにゅう》しており、その男が凝然《ぎょうぜん》と自分を見すえているのを知った。頬冠りから覗く二つの目が、鬼神《きしん》のような憤怒《ふんぬ》の光を放っていた。おみつは、冷たい目眩《めまい》に襲われ、父親の上から後ろざまに滑り落ちた。

「あんた、笑いを浮かべていたな」

頬冠りの男が、口をきいた。男がそこにいることよりも、男が口をきいたことに、おみつは慄然《りつぜん》とした。

「あんた、てめえのおとっつぁんを手に掛けながら、うっとり目を細め、口をほころばせて、虚仮《こけ》みたようにうっすらと笑っていたな。いってえ、どうしてだい」

答えなければ殺される、とおみつは思った。魔か仏のいずれかが、この男に乗り移って、自分を裁こうとしている。そんな幻想にとらわれていた。魔は何と答えれば許し、仏は何と答えれば許すのだろうか。おみつは、幻に浮かされた頭で考えをめぐらせた。どのみち、人間には魔も仏も騙すことはできない。ならば、正直に心のありのままを打ち明けるしかない。

「寝た切りの地獄に苦しむ父様《ととさま》を極楽に送ってやれることが、うれしかったんです。だから、つい笑みがこぼれたのでしょう」

男の険しい眼光が、心なしか和らいだように思えた。

「極楽に送ってやれることが、うれしかった……」

おみつの言葉を反芻《はんすう》する声が、低く流れた。

「したが、あんたは、じぶんのおとっつぁんを手にかけたのだぜ。何と言ったって、そんな恐ろしいことはねえじゃあねえか」

男の声に、ふと人間の感情がこもった。その時になって、しごく若い男の声であることが、おみつには分かった。おみつを呑み込んでいた恐怖が、少しばかり薄らいだ。

「ひどく恐ろしいことだから、ほかの誰も父様にしてやることができないんです。一人娘のわたしだけが、父様にしてやることができるんです」

ややあって、おみつは、男が深々と吐息をつくのを聞いた。まるで、それまで体に宿っていた魂を入れ替えようとするかのような吐息だった。

ふいに、男が、わさわさと動き出した。市左衛門の顔から首に掛かっていた枕を取り上げ、喉を覆っていた晒しを払いのけて、息絶えた市左衛門の後ろ頸《くび》に枕をあてがう。間髪《かんはつ》を容《い》れず、小袖の袂から細紐を取り出し、手ばしこく死人の首に巻き付ける。ひっと短く呻くおみつを尻目に、力いっぱい死人の首を締め上げると、男は、さっと胸を起こして踏込床《ふみこみどこ》の奥を顎で示した。

「あんたのおとっつぁんは、あすこの掛け軸を狙った押込みに縊り殺されたんだ。おれは、あの掛け軸を盗むために押し入ったんだから、そのことに嘘はねえのさ。分かったかい」

おみつは、ただ声を呑んで目を見開いていた。

「いいかい、こいつは、あの掛け軸を狙った押込みがやったことなんだ。約束してくれ。あとになって、わたしが父様を殺したと名乗り出るようなことは、ぜってえにしねえってな」

我知らず、おみつは、こくりと首を前に傾けていた。奇々怪々な押込みとの間に、奇々怪々な約束を交わしたのである。

あとのことは、まったく記憶にない。それから二時《にとき》（四時間）ほど過ぎたころ、女中のお熊が市左衛門の居室へ様子を見に来るまで、おみつは、意識の流れが断ち切れた喪神《そうしん》の状態にあった。

事件から三日後、岡っ引きの蔵六が森田屋を訪れて、くだんの押込みが、十日年越しの日に障子の貼り替えに来た勝蔵という身習い職人であったことを告げた。蔵六によれば、前日に本所亀沢町の自身番屋へ出頭した勝蔵は、永堀町と佐賀町の強盗殺人をふくめ、森田屋での強盗殺人を自白したとのことであった。

それで、おみつは、ますます分からなくなった。探幽《たんゆう》の掛け軸を狙った押込みが、一度口をきいただけの身習い職人が、なぜ自分の身代わりになって森田屋市左衛門殺しの罪を被ったのか――。

おみつは、牢屋敷の門へ通ずる石橋を渡ることも、踵《きびす》を返すこともできない。胸の前に三味線の包みを抱き、櫛形《くしがた》の塗り下駄をはいて、石橋の袂に立ちつくしている。

――せめて、勝蔵さんに会っておかなくては。このまま勝蔵さんが死罪になるまで知らん顔をしているなんて、とてもできない。

そんな思いが、おみつを牢屋敷の門内に飛び込みたい衝動に駆り立てようとした時、

「おみつさんじゃねえかい」

聞き覚えのある声が、おみつを現《うつつ》に連れ戻した。

はっとして振り返ると、そこに黒羽織の侍が立っていた。一度会って話しただけだが、おみつは、この侍のことをよく覚えている。女形《おやま》のような優しい顔立ちと鼬《いたち》のように細っこい体つきは、他の誰かと見違えようがない。

「ここで、いってえ何を」

柊夢之介は、数日前に会って話した時とは打って変わって、鋭く細めた目で厳然とおみつを見すえた。おみつは、その目をじっと見返した。自分の顔が、紙のように白くなっているのが分かる。

「おまえさん、ひょっとして牢内の勝蔵に会いに来たのかい。それとも……」

夢之介は、続く言葉を呑んだ。市左衛門殺しの罪を勝蔵に被せるのがつらくな

って、牢屋に入れてもらいたくなったのかい……。そんな毒言は、おみつの邪気のない顔を面と向けられては、とても吐けるものではない。

——どうやら、おれは、おみつの罪を胸の奥にしまい込むつもりらしいぜ。

ここへきて、おのれ自身の真意に心づくかっこうになった。

「勝蔵さんは、もう死罪と決まったのですか」

その言葉を洩らすなり、自分だけがお咎《とが》めなしで生きていくことの恐ろしさが、おみつの胸に迫った。

「北町奉行から幕府の老中に出された勝蔵斬罪の伺いは、つい昨日、領諾されたよ。明日には、町奉行吟味方与力《ぎんみがたよりき》が、牢屋敷の牢庭改番所で勝蔵に死罪を申し渡す。おそらく、市中引き廻しのうえ獄門《ごくもん》ということになるだろう」

おみつの身体が、小刻みにわななき始めた。

「勝蔵さんという人は、そんな目に遭わなければならないほど悪い人なのですか」

こんなことを訊くからには、もはや父殺しの罪を告白しているようなものである。が、夢之介は、そ知らぬ顔で応じた。

「刑罰は、人柄に対して下されるものじゃあねえ。もっぱら、人の行為に対して下されるものさ」

「よくも、そんな心ないことを」

おみつは、顔面蒼白のまま眦《まなじり》を裂いて目を瞠《みは》った。そこに狂女めいた相が浮かび、十六歳の娘は、二十歳も老いたような面相になった。

「おれは、一介の不浄役人だ。こんなことを言うのが、せいぜいだよ」

そう言ったそばから、夢之介は、つまらぬ言い抜けをしたものだと後悔した。

「これから、勝蔵に会いに行くところなんだが。おまえさんも、いっしょに来るかい」

おみつは、島田髷《しまだまげ》の髱《たぼ》がほつれるほど、烈しく首を横に振った。

「行くものですか」

涙を光らせて叫ぶと、三味線の包みを抱きしめて、つんのめるようにして走り出した。

下駄の音をカラコロと鳴らして、たどたどしく走り去っていくおみつの後ろ姿を見やりながら、夢之介は、ひっそりと独りごちた。

「おまえさんも、いっしょに来るかいだと……ついうっかりと、とんだべらぼうを口にしたもんだぜ」

（三）

二月七日、午《うま》の下刻（午後一時ごろ）。小伝馬町牢屋敷の切戸《きりど》をくぐった夢之介は、牢屋見廻り同心の詰所へ向かって牢庭を横切って行った。獄囚の勝蔵に、同心の仕事を離れた用があった。勝蔵に渡すことを託された、大事な預かり物があるのだ。

獄囚への面会は、本来ならば牢屋奉行の許しを得なければならないところだが、そこは奉行所同心ならではの抜け道というものがある。夢之介は、同心詰所で顔見知りの牢屋見廻り同心をつかまえて、東大牢《ひがしおおろう》に入獄している勝蔵への面会を申し入れた。勝蔵を大番屋へ送ったのが北町奉行所の柊夢之介であることは、小伝馬町牢屋敷の獄吏《ごくり》たちにも知れ渡っている。ために、相手の対応は緩く、面会の理由を訊かれることもなかった。

夢之介は、顔見知りの牢屋見廻り同心に導かれて庭内の埋門《うずみもん》をくぐり、当番所へ向かった。夢之介の案内役は、当番所で牢番同心に引き継がれ、牢檻《ろうかん》へ通ずる入口では、さらに鍵役同心に引き継がれた。入口を通って鍵役同心のあとに付いて行くと、下級の士分と僧侶を収獄する東口揚屋《あがりや》、東奥揚屋を過ぎて、町人を収獄する東大牢の正面に達した。そこで鍵役の役目は終わり、獄衆の親玉である牢《ろう》名主《なぬし》の指図によって、勝蔵が牢格子の前へ呼び出された。

——こいつぁ、中《なか》のしきたりみてえに込み入ってやがる。中の花魁《おいらん》の顔を、初会で拝むようなもんだぜ。

そんな感想を抱いた夢之介は、我ながら不謹慎に思えて頬を掻いた。

牢格子の前に座った勝蔵は、十日を超える牢屋暮らしでやつれたせいで、いくらか大人びたように見えた。

「旦那、どうしてここへ」

夢之介のおとないを、勝蔵が不思議がるのは無理もない。

「牢には火がねえからな。朝晩、寒くはねえかい」

牢内からは、江戸中の腐った魚を溝の水で煎《せん》じたような異臭が漂ってくる。寒さへの心配を口にしながらも、夢之介は、その匂いのほうに苛烈な酷《むご》さを感じていた。

「これは、とんだ御心配を。近ごろはずいぶんと暖かくなりやしたから、でえじょうぶでございやす」

「ちゃんと、食ってるかい」

「へい。玄米と汁。それに塩と菜が出ますんで。橋の下の御薦《おこも》よりは、ずうっとましってもんでございやす」

それらの食べ物は、どれも町人を収容する大牢で給されるものだ。すなわち、勝蔵に差入れをする者は誰もないということであろう。

細木屋の親方も、「あいつはね、かわいそうなやつなんです」と勝蔵への憐れみを示したものの、ここにおいて、すっぱりと勝蔵を見放したようである。それで親方を責めるわけにはいかないが、人情というものの儚《はかな》さが、哀しいといえば哀しい。

勝蔵は、両膝に手を乗せてかしこまったまま、自分への心配を口にする夢之介を不思議そうに見つめた。垢じみた顔の中に光る黒目が、妙に澄んでいる。

「おう、そうだ」

何やら面映《おもは》ゆくなって、夢之介は、片頰で小さく笑った。

「明日には、甚八という渡り中間が、大番屋での吟味《ぎんみ》を終えて入牢することになるだろうよ。そいつは、船宿武蔵屋の押込みと女将殺しの真犯人だ。野郎はな、このおれに、てめえの悪事を洗いざらいぶちまけてくれたぜ」

「そうですか」

熱のないつぶやきを洩らして、勝蔵は、顔をすこし横へ向けた。その横顔に、ほのかな冷笑が浮かんだようだった。

「中間なら、武士ではなく町人てえことで、この大牢にへえってきやすね。したが、あっしは、明日には鍵役同心に名を呼ばれることになりそうでございやす。どうも、その野郎とは入れ違いということになりそうでございやすね」

「…………」

夢之介が言葉を呑んだのは、勝蔵がおのれの死を口にしたせいもあったが、それだけではない。

獄囚への死刑の告知は、その当日になされるものと決まっている。死刑当日、当番年寄《としより》同心が、町奉行の発した出牢証文を牢屋見廻り与力と牢屋奉行に渡す。さらに、出牢証文が牢屋奉行から当番鍵役に渡されると、当番鍵役は、牢番に命じて「切縄《きりなわ》」と称される藁縄《わらなわ》を牢の外格子《そとごうし》に掛けさせる。そうして、その牢内の獄囚に死刑がおこなわれることが暗示される。しかるのち、出牢証文をたずさえた鍵役が「誰それはおるか」と牢内に呼びかけることによってはじめて、死刑囚は、おのれの命がその日を以て終わることを知るのだ。

ところが――、小伝馬町牢屋敷の獄舎では、牢役人たちの習性や何かの兆しを読み取ることによって死刑告知の暦のようなものが作られているのか、ほとんどの死刑囚がおのれの刑死の日を事前に悟るという。この不思議は、江戸庶民の間にはあまり知られていないが、町奉行所と牢屋敷の役人の間では江戸の七不思議の一つに数えられている。

ふと、夢之介は、おのれが黙ったきりになっていることに気づいた。コホンと空咳《からせき》を吐いて、声づくろいをした。

「とにもかくにも、おまえさんから、武蔵屋への押込みと女将殺しの罪が消えたのさ」

「それでも、あっしが襖貼りの縊り鬼であることには変わりありませんや」

垢と無精髭《ぶしょうひげ》にまみれた顔に初々しい微笑を浮かべる勝蔵を眺めながら、夢之介は、その首が斬り落とされることが、何やら見世物小屋の手妻のような絵空事に思えた。

「ひとつ訊きてえんだがね」

「へえ、なんでございやしょう」

「おれの地獄は終わった、ってえのは、どういうことなんだい」

「へえ……」

勝蔵は、音がするほど目をしばたたかせた。

「いやなに、蓬莱屋《ほうらい》のお虎に聞いたのさ。おまえさんは、本所亀沢町の自身番屋へ出向いた日の前日、蓬莱屋へ行って、お虎に言ったそうじゃねえか。おれの地獄は終わったとな。こいつは、いってえどういう意味なんだい」

ふと、勝蔵は、肩を細めて首を垂れた。返事はない。さながら、つまみ食いのことを問い詰められた幼童のようだ。

「おまえさん、三年前、おかっつぁんが寝た切りのおとっつあんを縊り殺すのを目の当たりにしたってな。地獄とは、そのことに違いあるめえ」

「あんときは……」

首を垂れたまま、勝蔵が、ぽつりと言葉を洩らした。

「あんときは、それまで仏みてえだったおかっつぁんが鬼になりやした。したが、仏から鬼になったおかっつあんが、また仏に戻ったんでございやす」

「それは、正月二十五日、深川一色町の森田屋に押し入ったときのことじゃねえのかい」

「…………」

「なあ、そうなんだろ」

「その話をするのは、料簡《りようけん》しておくんなさい」

そう言われて、夢之介は、すっと真相究明への欲求が鎮まるのを覚えた。降参したふうに、物憂《ものう》く笑った。

「いいさ、料簡しようじゃあねえか」

これで、勝蔵とおみつとの秘密は、永遠に封印されることになるのだ。

「ところで、おまえさん、牢に入ったおかっつぁんに、一度でも会いに行ったのかい」

「うんにえ。恐ろしい鬼に思えたおかっつぁんに会うなんてことは、とても……」

夢之介が何か言おうとするや、すぐさま勝蔵が被せてきた。

「したが、もうすぐ、仏に戻ったおかっつぁんに逢えやす」

こいつ、ぬけぬけと極楽往生《おうじょう》するつもりでいやがる。夢之介は、半ばあきれ返った心地で牢格子の中の若者を見つめた。夢之介にじっと見つめられた勝蔵が、心地悪そうに小刻みに笑んだ。夢之介は、はっと物思いから醒めた。

「あやうく、忘れるところだったぜ。じつは、おまえさんに渡すものがあってな」

勝蔵は、自分を指差して、あっしにですか、と小声で言った。夢之介は、懐から四つ折りの畳紙《たとうがみ》を取り出した。

「こいつをおまえさんに渡してくれと、お虎に頼まれてな」

格子の間から畳紙を受け取った勝蔵は、紙の面にうっすらと血が滲んでいるのを認めて、あっと声を出した。畳紙のふくらみを指でまさぐりながら、中に包まれた物の感触を確かめる。

「こ、こいつは……」

どうやら、中身が尋常な代物ではないことを察したようである。

「そいつは、お虎の心がおまえ一人のものだという証拠だ」

夢之介は、このことを勝蔵に言ってやれるのがうれしかった。

「お虎は、おまえさんの行くところへずうっと付いて行くと言っているのさ」

「ほんに、かたじけのうございやす」

勝蔵は、お虎の指を包んだ畳紙を押し戴《いただ》いた。

「あっしは、首を斬られるときも、こいつを握りしめておりやす。そうすりゃ、首を切り離された胴体が千住《せんじゅ》の小塚原《こづかつぱら》に捨てられても、お虎といっしょにいられやす」

滅相もないはしゃぎ声を出して、無邪気に微笑んで見せる。勝蔵は、正月二十五日の夜以来、この世のものならぬ境地にあり続けているようだった。

「旦那は、慈悲がありなさる。ほんに、お役人たぁ思えねえ」

「いやなに、このおれも、いったん役目を離れれば、おまえさんと同類の浮世の住人だからな。慈悲なんてぇ大層なもんじゃなく、同類のよしみでやらせてもらったのさ」

「あてこともねえ。同類たぁ、とんだことを言いなさる」

ふいに、勝蔵の目に冷たい光が浮かんだ。

「お役人が、あっしの同類なはずがねえ。奉行所のお役人なぞは、あっしからすれば、前世、現世、来世のどこにも縁のねえ、まるっきり他所《よそ》の世界の人たちですぜ」

その言葉が、夢之介の肺腑《はいふ》を深々と衝いた。浮世の荒波に揉《も》まれたあげく、明日にも首を斬られようとしている十七歳の若造が、たった一言で、柊夢之介の大事な信条をぐらりと揺るがしたのである。夢之介は、まったく声が出なかった。

（四）

「襖貼りの勝蔵は、みずから自身番屋へ出頭し、渡り中間の甚八は、おぬしの手で縄を掛けられた。畢竟《ひっきょう》、それがしの取り分はまったくなし、ということにござった」

右隣を歩く尾形兵庫が、いまいましげにつぶやいた。ぞんざいに地を踏む雪駄《せった》の音にも、不機嫌そうな響きがある。夢之介は、兵庫と並んで歩きながら、その高い頭をちらりと見やった。

「取り分ときたか。博打《ばくち》のテラ銭じゃあるまいし、捕物《とりもの》に出来高の配分を期待するたぁ、とんだ料簡違いだぜ」

「通人のような顔をして、またまた涼しいことを言いよる。そうして、すいすいと手柄を立てるところが、こしゃくに障るわい」

怒った目を宙に投げたまま、兵庫は、馬のような大口をぐいとねじ曲げた。

夢之介は、口元に浮かんだ苦笑を消して、獄門の検使らしい顔つきになった。前を行く隊伍の中央で、薦《こも》に包まれた勝蔵の首が静かに揺れている。

「明日には鍵役同心に名を呼ばれることになりそうでございやす」

勝蔵はそう言ったが、はたして、その言葉通りになった。江戸の寺社で針供養がおこなわれる二月八日、死罪の告知を受けて出牢した勝蔵は、市中引き廻しのうえ、牢内の切場《きりば》で斬首に処せられたのである。

首をうしなった胴体は、空俵に入れられて千住小塚原に運ばれ、土くれのように捨てられた。しかし、刑はそれだけでは終わらない。勝蔵に下された刑罰が「市中引き廻しのうえ獄門」であるからには、斬り落とされた首は獄門台に晒《さら》されなければならない。すなわち、勝蔵の首は、薦《こも》で包まれ青竹に吊るされて、浅草刑場の晒し場へ運ばれていくことになる。

それを見届ける検使には南北の同心各一名が出役《でやく》を務めるのだが、その役目が北町の柊夢之介と南町の尾形兵庫に回ってきたのは、二人が事件を追っていた関係上、ごく自然な計らいと言える。

刑首を運ぶ隊伍の先頭には六尺棒を担いだ者が二人歩き、二番目には罪状と刑罰を略記した捨札《すてふだ》を掲げた者、抜き身の槍を担いだ者が二人歩く。三番目には首を包んだ薦を吊るした青竹の前後を担ぐ者が二人、四番目には捕物道具を担いだ者が続き、そのあとに白い着物に白羽織の宰領横目《さいりょうよこめ》が付き添う。そして、しんがりを行くのが、検死の出役を務める南北各一名の同心である。

夢之介が獄中の勝蔵をおとなった日と同じく、曇天の空に初雷《はつらい》が鈍く響いている。二月の初雷は、思い出したように鳴っては短く途切れる。啓蟄《けいちつ》の節に鳴ることから、虫出しの雷ともいう。夢之介は、頭のはるか上に初雷のくぐもった響きを聞きながら、今日はうららかな好天でなくてよかった、と思った。お天道様《てんとう》のほうも、ちっとは勝蔵を弔《とむら》う気持ちになって、地上を明るく照らすのを遠慮しているようだぜ。

本日の初雷には慎ましやかな遠鳴りの風趣があり、心なしか、しめやかな響きがこもっているようにも思えた。夢之介は、獄門検使の顔をしたまま、胸の内で密かに勝蔵の成仏を祈った。すると、

「事件解決の労《ねぎら》いが獄門検使とは、情けないことよ」

またもや、兵庫の高い頭から不平のつぶやきが洩れるのが聞こえた。

終章　まがきの外

柳橋で猪牙舟《ちょきぶね》に乗り、隅田川を遡って吾妻《あづま》橋を越え、浅草の対岸に漕ぎ着けると、そこは桜の名所として聞こえる隅田川堤であった。誰が呼んだか、この一帯を向島《むこうじま》という。浅草から隅田川を隔てて眺めると、ちょうど島のように見えることから、「川向こうの島」を意味する向島の呼び名が付いたのだそうな。

文化四年二月の下旬。町廻りの役得とて隅田川堤へ猪牙で乗り着けた柊夢之介は、ひさしぶりにのどかな気分を味わっている。お供の中間《ちゅうげん》は、柳橋で置いてきぼりにした。といっても、冷たく振り捨てたわけではない。

「頼むから、ここから先は、一人にしてくんねえな」

そういう、夢之介らしい物柔らかな別れ方をしたのである。

江戸で屈指の桜の名所という評判に恥じず、薄くれないの花をみっしりと咲かせた桜木の立ち並ぶ墨堤《ぼくてい》は、さながら極楽が地に舞い降りたかのようだ。隅田川の東で起こった三件の強盗殺人事件は、この絢爛《けんらん》たる景色には一片の影もとどめない。縊《くび》り鬼の騒ぎは、ほんに終わったんだなぁと、夢之介は腹の底から実感する。

「仏が鬼に変じ、その鬼がまたまた仏に変じた、ってえな」

桜並木の土手を歩きながら独語すると、すれ違う花見客が怪訝《けげん》そうな一瞥《いちべつ》をくれる。この言葉の意味が分かる者は、現世には一人もいない。勝蔵は、この言葉の秘密を来世へ持って行ったのだ。

勝蔵の首は、三日二晩、浅草刑場の獄門《ごくもん》台に晒《さら》し置かれた。一日目、二日目はたいへんな数の見物人が集まったが、三日目には見物人はめっきり疎《まば》らになった。

三日目は、しめやかに春雨が降っていた。夢之介は、疎らな見物人に混じり、蛇《じゃ》の目傘の陰から獄門台の首を見やった。つい昨年の文化三年以来、浅草刑場における晒し首は、一台に一首と定められている。獄門台に独り鎮座した勝蔵の首は、何やら犯しがたい厳粛な面持ちをしていた。不思議なもので、晒し首なるものは、いずれも似たような面持ちをしている。この晒し首の顔からは、見物人の誰一人として、あの妙に憎さげのない若者の顔を想像することはできなかったろう。

瞼《まぶた》に落ちた桜の花びらを払いながら、夢之介は、ふと思った。はたして、千住《せんじゅ》小塚原《こづかつぱら》に捨てられた首無しの勝蔵は、お虎が心中立《しんちゆうだ》てのために切った指を握りしめたままでいることができたろうか――。

母が父を殺したことによって天涯孤独となった見習い職人の勝蔵と、郷里から父に拉《らつ》し去られて江戸の遊廓《ゆうかく》へ売られたお虎。思えば、宿世つたなき二人の、滾《たぎ》つ早瀬に流されて滝へ落ちるような恋であった。けれども、そんな涙ぐましい語り口は、かえって二人のひたむきな情念の光彩を陰らせることになりはしまいか。

「あの二人の恋は、最後に滝へ落ちたんじゃなく、情念の力で滝を登ったのさ。これぞ、恋の滝登りってやつよ」

おかしなことを独りごちて、片頰に淡い笑みを含んだ夢之介の目に、ある小さな風景が映った。

土手の道端に置かれた箱型の焼き台、柄の長い匙《さじ》から白いねたを垂らす香具師《やし》、その周りを囲む子供たち。

「ほれ、さーさーさらっとねたが垂れりゃ、さーさー、お猿ができあがる」

見覚えのある風景に聞き覚えのある口上《こうじょう》、そして聞き覚えのある声であった。

夢之介は、その平和な一齣《ひとこま》を乱すまいとするかのように、静かに近づいて行った。

「おや、これは柊様」

貝原源次郎は、焼き台を囲む子供たちの間にひょっくりと現れた夢之介の顔を見上げて、ほがらかに笑んだ。

「ほれほれ、おめえたち。それぞれ、じぶんの好きな文字焼きを持って行きな」

源次郎の掛け声で、前髪の童子、おかぶろの童女たちは、わっと手を伸ばして串に刺した文字焼きをつかみ、いっせいに隣の人形遣いのほうへ移って行った。

源次郎は、何か話をしたそうな顔の夢之介のために、うまいこと人払いをしてくれたようである。

「相変わらず、子供たちに囲まれておりますな」

夢之介が白い歯を見せると、置手拭《おきてぬぐい》の源次郎は、まんざらでもない面持ちでうなずいた。

「ところで、源次郎さん。先日は訊けなかったことを、お訊きしたいのですがね」

「へえ、なんでござんしょう」

源次郎は、縦縞の小袖《こそで》の袂《たもと》から煙草入《たばこいれ》と煙管《きせる》を取り出した。ゆっくりと夢之介の相手をしよう、という構えである。

「源次郎さんは、どうして奉行所の同心を致仕《ちし》なすったのか。できれば、お聞かせ願えんでしょうか」

「……へえ」

煙草を煙管の雁首《がんくび》に詰めながら、源次郎は、遠くを見はるかすふうに目を細めた。夢之介は、黒羽織の懐へ手を入れて源次郎が話し始めるのを待った。

「すりゃ、三年めえ、三平店《さんぺいだな》事件に出くわしたからでございやす」

「ほう」

夢之介は、切れ長の明眸《めいぼう》をまたたかせた。

「あの三平店事件のせいで……」

源次郎の口から、緩々《ゆるゆる》と煙草の煙が吐き出された。

「この人を殺してやれるのは、ほんのこったが、この世でわたししかおらんのだと。この人を地獄から極楽へ送ってやるっていう、仏様にしかやれんことを、わたしがしてやれるんだと……じゃによって、内の人を襷《たすき》で縊ったときには、ちいともつらくなかった。あいや、そんなんじゃねえ、わたしは、がいにうれしかったんです」

上野山下で夢之介に聞かせたお重の台詞そのままを、源次郎は、今ここで繰り返した。

「大事と思う亭主を殺して、石仏《いしぼとけ》みたように微笑む女房…………奉行所の籬《まがき》の外に広がる浮世では、とんだ滅法界《めっぽうかい》がまかり通るものだと。人の不思議があちこちに咲いていているものだと。そうつくづく思ったら、籬の外へ出て、浮世というやつにどっぷり浸かってみたくなったんでございやす」

「はて、それがしの父も、かようなことを申しておりましたな。とんだ滅法界が浮世の理《ことわり》……」

「へえ、こいつぁ、おてまえの父御の受売りでございやす」

源次郎は、おっとりと煙を吐きながら柔らかに笑んだ。

「なある」

夢之介は、懐手を解いて盆の窪に手を当てた。

「そう言や、半月前、伝馬町大牢《てんまちょうたいろう》へ出かけて勝蔵をおとなったおり、勝蔵の野郎にこんなことを言われちまいましてね。奉行所のお役人は、あっしらからすれば、前世、現世、来世のどこにも縁のねえ、まるっきり他所《よそ》の世界の人たちですぜ、とね」

「すると、柊様は、勝蔵によって浮世から締め出され、奉行所の籬の中へ追い返されたというわけでございやすな」

「いかさま、そのとおりで」

盆の窪を叩きながら、夢之介は、なんとも渋い顔をして見せた。

——その話をするのは、料簡《りょうけん》しておくんなさい。

勝蔵は、そう言って、森田屋市左衛門殺しにまつわる秘密をあの世へ持って行った。その秘密に触れさせてもらえなかった夢之介は、まさしく、浮世から締め出されて奉行所の籬の中へ追い返されたと言えるのではあるまいか。

「あの子たちを、ご覧《ろう》じませ」

ふと、源次郎が、すぐ隣で紙細工の人形遣いを囲む子供たちに顔を向けた。釣られて、夢之介も、そちらに目を見やった。文字焼きを食べながら紙細工の人形が操られるのを無心に見つめる子供たちは、泥だらけの小袖一枚に裸足で、大人たちよりもよほどすくやかで逞しそうに見える。だからといって、夢之介には、とくに珍しいものには思えない。

「あの子たちはね、浮世の卵なんでございやす」

源次郎の声が、すっと夢之介の耳の奥へ通った。

「あたしは、こうして文字焼きの外売りをしながら、毎日毎日、浮世を卵のうちから眺めさせていただいとるしだいで」

「いかさま、な」

夢之介は、あらためて、そういう目で子供たちを眺めた。すると不思議なことに、浮世の理に深く通じた同心への道が、ちょっくら開けたような気がした。

この作品は、書き下ろしです。

ポプラ文庫好評既刊

星新一時代小説集

天の巻

星新一

わたしは彼らとは違うのだ。いかにむなしくても、それはどうしようもないことだ――。殿さまには殿さまの悩みがあって、些細な物事にも思いを馳せてしまう（「殿さまの日」）。〝ショートショートの神様〟が、斬新な切り口によって描き出す傑作時代小説集・第一弾。

ポプラ文庫好評既刊

星新一時代小説集

地の巻

星新一

父親から受けた誤解が元で誕生した、江戸を代表する義賊・ねずみ小僧。庶民の間に日増しに高まる名声は、更なる〝期待〟へとエスカレートして……（「ねずみ小僧次郎吉」）松本大洋の描くイラストが、佳作・名作に彩りを添える傑作時代小説集・第二弾！

ポプラ文庫好評既刊

星新一時代小説集
人の巻

星新一

真面目一徹の田舎藩士・六左衛門は、連れていかれた吉原で遊びの面白さにハマり、金の価値を初めて知る。とめどない女遊びのツケは、やがて藩の金を流用するという事態にまで発展し……(「薬草の栽培法」)。星新一が遺した異色の時代小説集、ついに完結。

秘密

Hayashi Mariko Collection 1

林 真理子

「なんて下品なの。たった5人しかいないテーブルなのに、寝たカップルが四組もいるのよ」二つのカップルと一人の女。恐怖の晩餐会の幕が上がる――（「土曜日の献立」）。〝秘密〟をテーマに八つの作品を選び出した、当代きっての恋愛の名手が描く珠玉の短編集。

解説／唯川恵

襖貼《ふすまは》りの縊《くび》り鬼《おに》
浮世の同心　柊夢之介

野火　迅

2011年2月5日　第1刷発行
2015年6月16日　第2刷

発行者　奥村　傳
発行所　株式会社ポプラ社
〒一六〇-八五六五　東京都新宿区大京町二二-一
電　話　〇三-三三五七-二二一二（営業）
　　　　〇三-三三五七-二三〇五（編集）
　　　　〇一二〇-六六六-五五三（お客様相談室）
振　替　〇〇一四〇-三-一四九二七一
ホームページ　http://www.poplar.co.jp/ippan/bunko/
フォーマットデザイン　緒方修一
印刷・製本　凸版印刷株式会社

N.D.C.913/251p/15cm
ISBN978-4-591-12278-5
落丁・乱丁本は送料小社負担でお取り替えいたします。
ご面倒でも小社お客様相談室宛にご連絡ください。
受付時間は、月～金曜日、9時～17時です（ただし祝祭日は除く）。